半生書緣

——一名文學新生與巨擘的靈光之會

李黎

目次

【自序】

長河側影

寫出了童年和家族的回憶錄《昨日之河》，接下來整理多年來紀錄因文字而結緣的兩岸人物的新舊文章，發現結成之書也可以視為一本回憶錄——我寫的是那些位文學人物，記下的其實是我從少年到中年的文學人生之旅，途中記憶的點點滴滴，簡牘篇章；其中有些當時就如獲至寶，據實以書，但也有存留篋底未曾示人的。

十二位作家、學者、出版家、評論家，其文其人，都曾在我的文學生命裡走過，有的駐足指點，有的佇留長談。他們的話語文字，容貌舉止，在我至少一半的人生裡留下的涓涓記憶，隨著時間匯成了一條蕩蕩長河。我在印象猶新的當時就用書寫記下，更有幸者尚有圖片的紀錄。在其後的歲月裡，當珍貴的記憶再被觸及，我還以新的文字補充。所以這本書裡既有二三十年前的舊文，也有近年甚至剛寫出不久的新文。

十二位裡，有十位是大陸的作家學人。以我長在台灣、旅居美國多年的背景來說，他們原應是我最不熟悉的人——在台灣成長的五〇、六〇年代裡，許多中國近代現代的作家學者，只要是留在大陸或被貼上「親共」標籤的，他們的名字就成了禁忌，更不用說接觸到他們的著作了。甚至即使是台灣的兩位，殷海光和陳映真，他們的文字也一度遭到查禁。可是何以這些人會與我結緣半生？說起來竟是一樁憾事造成的機緣。

一九七〇年我從台灣到美國留學，在大學圖書館兩層樓之間的一個小房間裡發現一書架的中文書，裡面竟然有我在台灣看不到的「禁書」！我像補課般急不可待的讀著，試圖彌補那個錯失的文學斷層。而那時正值大陸文化大革命，這些作家生死未卜，讀時更添一份敬惜之心。當時又適逢海外留學生的保衛釣魚台運動；投入這場「海外五四」的結果是被國府視為「左傾」分子，上了黑名單，十五年不得回家。思鄉情切之餘，我轉而去大陸作文化源流的探索，同時也是為自己的身世尋根。

一九七七年秋天，我第一次踏上中國大陸的土地。那時還得先從美國到香港，在羅湖過境進入當時荒涼不毛的深圳，然後北京、上海、大西南走了一遍。那是一次個人的尋根之旅，我見到了骨肉至親，也寫下了情懷感觸。後來與文學界聯繫上了，一九七九年去北京在作家協會上做報告，談台灣與海外文學，因而結識了幾位中青年作家（卻並不知道座中有高行健）。我當時最掛心的還是碩果僅存的老作家們，多虧出版界前輩范用先生為我引見，從那年起，我像跟時間賽跑一樣，趕著求見尚在世間的老作家。那時距離文革結束還不久，資深的文學人士幾乎全是浩劫的倖存者，更有文名早已湮沒而自嘲為「出土文物」的。我懷著虔敬又有些許惶恐的心情，訪問了好些位原以為再也見不到的文學前輩。這是之前幾年我在那間圖書館的小室中，做夢也不敢奢望的機緣。

就是這樣，我一位一位的求見，幾乎都沒有遭到拒絕。有的趕上見到他最後的夕照餘暉，如茅盾；有的結為朋友，一同度過悲欣交集的八〇年代、變化巨大的九〇年代，甚至還有更久的。

大陸的十位：茅盾，丁玲，巴金，沈從文（附帶黃永玉），艾青，錢鍾書，楊絳，劉賓雁，范用，李子雲……每位至少有一篇、或新舊數篇來記述；此外還有許多文中提及但沒有專文寫出的人物，我也非常珍惜與他們的結識交往，書中選用的照片裡他們的影像，是那段遙遠歲月的念想。

當然，台灣的陳映真和他的那輩《文學季刊》的朋友，都是我少年時代文學的啓蒙者，對他們我始終深深感念。而重訪殷海光溫州街故居，就會想起也曾住溫州街巷子裡教授過我的師長學者，那些溫煦的記憶伴隨我從青年歲月至今。

所以，這本書寫的並不止這十二位，其實遠遠還有更多。

逐篇寫完題記之後，才悚然發現：每一位書中人，在他們各自生活的海峽的兩邊，都遭遇過來自他們自己政府的壓制迫害，甚至牢獄禁錮。是巧合嗎？還是我不自覺的選擇？是因為他們的年齡，正逢上了那個動盪的年代、那段酷痛的歷史？顯然，他們是中國歷史的映照，一群知識分子的範本。尤其是，但凡有理想、有才華、有風骨的寫作者，身處那個時代，無論在海峽的哪一邊，都無法逃脱政治的渦漩吧。

為了比對時代背景，我檢視書中人物的生年，茅盾是唯一十九世紀出生的（1896），更多的出生在上世紀初，而成長於五四年代。最「年輕」的是陳映真，生於光復前的台灣，一九三七，正是蘆溝橋事變、艱苦的抗日戰爭開始那年。也就是說，他們無論生長在中國的哪一處，從一九三〇到一九七〇甚至八〇年代，作為一個有理想有良知的知識分子，就難免經歷了那段歷史為他們鋪排的命運。

所以，我所見到、記得、寫下的，不僅只是對我的文學生命有過深遠影響的人物，更可說是一個文學和文化的時代見證，一個二十世紀中文書寫歷史的側影素描。

書中的幾十張圖片多半是舊照，我幾乎都能清楚記得拍攝時的情景與心境。那一刻的時光就停留在快門按下的剎那；也有的在其後三十年間還在延續，陸續有了更新的照片，帶出逐漸變化的容顏，見證了時光的流逝——他們的，當然也有我自己的。我何其有幸得以親眼目睹歷史，當時激動心情之下作出的記錄，容待日後沉澱定格。今日整理成書，倏忽已過半生。人書俱將老去，唯願文字長存，記憶之河長流。

（二〇一三年春，美國加州史丹福）

茅盾

一九八〇年十二月，我到北京登門拜見茅盾先生，談了一個多小時。那天是準備了錄音機的，但是大病初癒的先生說話有些中氣不足，我決定只是輕鬆談天。不過當時年少氣盛的我，還是忍不住追問了一些其實不問自明的問題。之前兩個月我的小說集《西江月》在北京出版，茅盾為書名題字。原先對於我，他只是一個文學史上的名字：而他在眼疾開刀之後不久，即為一個從未謀面的後進的第一本小說集題字——在大動亂之後不久的年月，他提筆時是怎樣一種情懷？我懷著那份心思見他，面對他時既有與文學史驀然相對的震撼，又有一份難以形容的親切之感。見面三個月後先生逝世，從此真正走進了文學史。而多年後我去到烏鎮茅盾故居，卻有如經歷一次並未預料的重逢。

一九八〇年，李黎與茅盾合影。

去冬見茅盾

一九八〇年。歲暮。

北京城還不太冷，那幾天天氣也還晴朗。午後微微有些陽光，街頭稠密的行人車輛在淡漠的光影裡穿梭來去。

車子停在一條看起來很普通的胡同裡。我沒有心情仔細打量這條胡同，下了車就逕直走向面前的大門。門裡是個小小的舊式四合院。穿過院子右首的一扇小門，眼前豁然又是一座四合院，比起先前那座顯得整潔幽靜得多。庭院地上鋪著石板塊，中間的花棚架和架下的花圃都是荒著的。倒是兩邊幾棵挺立的樹木還是常青著，鮮明地襯出廊下土紅色的門戶和窗櫺。

好安靜的冬日午後。空蕩蕩的庭院，沒有人聲的迴廊，緊閉的門窗，舊式的窗玻璃裡垂著白色的窗帘。一切都靜悄悄的，竟似有幾分寂寞。

我走進一間鋪地板的大房間。朝門的一大面牆全是書櫥，櫥裡面每一格全橫橫豎豎擺滿了書；櫥頂上擺著好些筆筒和花瓶。櫥前有一套簡單的几椅，左首卻是一張極大的書桌。屋裡很暖和，空氣裡濃郁地飄著一股燃薰的香味。

我在書櫥前的一張椅子坐下，卻側著身，目不轉睛地往那扇通往內室的房門凝視著。

他出現在房門口了。穿著藏青色的中式對襟褂子，灰色長褲，慢慢、慢慢地走出來。中等個子，臉的輪廓瘦瘦的，可是肩膀看起來很寬。

如果不是行動的遲緩，倒實在看不出他是一位八十四歲的老人。他有一張非常光潔的臉，幾乎沒有什麼斑紋。薄薄的、梳得妥妥貼貼的頭髮，竟然仍是黑的。聽說剛動過手術不久的眼睛也仍是亮亮的，睜得大大地看人。三四十年前的照片裡就一直有的那撮唇上的小髭仍在，只是比照片上的稀薄花白些了。髭下薄薄的嘴唇因微笑和喘氣而張開著，露出一口潔白的牙齒。

我不能置信地看著他，握著他的手也仍然覺得不真實——總覺得這是不可能的，要時光倒流才有可能趕上見他；也許要一種時間機器才能帶我回到他的那個年代，早在我出生之前的時代，當他揮灑著那如椽巨筆，寫下那些不朽的作品；他的名字、他作品的名字，與那個時代相互推動著，結合在一起，他本身便是一個歷史，一位人物——不，不是他一個人，還有他筆下的千萬人，活生生的，在書內書外：老通寶、林老闆、吳蓀甫、大鼻子、菱姐、趙惠明、小昭……無數的人，創造他而又被他創造出來、賦予血肉生命的人物，這些名字因著他而一起動人地流傳，因著他而不朽。

頭一回聽人提到他的名字是在臺灣，那時我還很小。「矛盾？多有趣的名字。」我心想。一個有趣的名字，對我不帶有任何意義的，他的作品我也讀不到的，就這樣掠過去了，像另一個時間和空間裡的傳奇。

長大以後這個名字漸漸聽得多了，但還是覺得極其遙遠，像一場過去的繁華，我想是再也趕不上了。

然而永恆的作品是不會過去的。十年前一到美國就讀到他的作品了，還記得那是一本很舊的《茅盾文集》，一九四八年上海春明書店出版的。

至今我也不會忘記，深夜裡在宿舍的斗室中是怎樣激動得不能成眠的心情。那樣巨大而深沉的苦難和力量，在一本薄薄的書冊中竟似排山倒海般地震撼人。即使是那篇有自傳性的、帶一絲淡淡哀愁的〈列那和吉地〉，也使我禁不住一次又一次地流淚。

就這樣，他也成了一個帶引我走上一條新的心路的人。在我出生之前，他就早已寫成了那些作品，經過幾十年歲月，幾萬里空間，他完全不知道的，一個中國遊子，在地球的另一面，被他的筆震撼得無以自己……

上：一九八〇年的茅盾，看不出已經八十四歲了。
下：一九八〇年的茅盾家院子。

然而當我面前著他本人時，卻不知道該怎樣告訴他這一切。我什麼也沒說。因為會有千千萬萬的人可以告訴他相似的感受。他會了解的。我竟只能訥訥地向他致謝，謝謝他為我的書名題的字。他微笑著聽我唸那段在書的後記中向他致意的話。我有更多更多的話，卻不知道怎樣說了。而他還是那樣謙和地微笑著，眼睛睜得大大的，過一陣閉一閉。

他講話有些困難，說一段就得停下來喘氣。他的浙江官話也不容易聽懂。好些個別的字句，得要請同去的他的老友范先生為我「翻譯」。

我們隔著小茶几並排坐著。我聽他談他自己，他的臉上時時帶一點溫和飄忽的微笑。他說自己當年走上文學的道路是為了生活，「也是由『賣文』開始的。」

接著就談他的《子夜》。他說本來是想把當時動盪的中國各個層面都寫出來，所以本來也要寫部隊的；那時汪、馮、閻在京浦路大戰，桂系的張發奎也在武漢、長沙一帶與蔣軍打，而紅軍在九江出入……要是把這些連繫起來寫，可以說是動盪中國的一頁。本來他一九二七年是有機會親身體驗的，結果沒有去成九江，因而那一段也沒寫。

他敘述了一大段當時從武漢下九江的事蹟，人時地倒是清清楚楚，可以想見是他的回憶錄的一段。

范先生提到他從四十年代就開始介紹、提攜年輕作家和新作品，甚至推薦新作家還未發表的作品。他還是微微笑道：「解放後坐辦公桌，身體也差，沒有時間精力深入生活，只好介紹別人的作品了。」

我趁勢問他四九年後創作作品何以顯著地減少。他表示後來作了很多推薦新人新作品的工作。現在則在寫回憶錄。

我請他比較四九年前與四九年後的青年人的作品。他說：「解放前，三十年代，有個別的人寫得很深，那也是自己有生活經驗，而不是為表現小說而寫，就比較好。解放後有些人為寫作而去『經驗』，就差多了——指定個題目，到什麼地方去住一段時候……這樣的『生活經驗』是不行的。」

我問他：對於近來一個富有爭論性的說法「解放後三十年的文學作品不如解放前三十年」，有什麼看法？

他很快的、毫不遲疑地答道：「建國以來的三十年是比較差。還未建國時，解放區有幾個人的作品還是很不錯的。有些體裁不同的，如《王貴與李香香》，阮章競的《漳河水》等等。建國以來是差了。……我們那時是憋了一股氣，非寫不可；在那樣的環境下能寫出好的東西。……」他感嘆地加了一句：「加上文革十年——」

「那麼，『接棒』的人呢？」我問。

他表示最近因為眼睛不好，比較少看書。但他提出茹志鵑的名字。

我追問：「您說怎樣才能再產生像你們這樣了不起的作家？」

他也許誤會了我問的僅僅是寫作技巧上的問題，因而答道：「現在那些年輕作家的小說，故事乾巴巴的。我們寫東西，一個是人物描寫，一個是環境描寫——如自然環境、室內環境——他們應當在人物的性格和動作上去表現，使讀者自己去看到，而不是作家出來講話。」

「你們的作品有悲劇性、有深度，為什麼現在很多作品普遍缺少這份深度？」

「原因可以說簡單，也可以說複雜。」他說，「我們在三十年代的時候——我寫《子夜》之前，『創造社』、『太陽社』講『革命文學』，說作家要懂辯證唯物主義；但我看他們寫的作品實際上也沒有用辯證唯物主義。所以我就去研究一下。後來我就曉得了，這辯證唯物主義，好像一副眼睛，看了就看到了，但是要頭腦思想發生變化時，才自然看到一切東西合乎事物的辯證法。概括的說，事物是互相矛盾又是互相連繫的，而且都是在發展中的。要變成思想方法。……你剛才問我為什麼對《子夜》裡的人物事情那麼熟悉？很簡單，當時我在上海，一些親戚、同鄉裡有的是銀行家，有的是開工廠，都有，我跟他們來往，到他們廠去看過。所以我曉得。其實我寫《子夜》時，『離開』辯證唯物主義已經兩三年了。」

「為什麼你們那一輩人，好幾位在年輕的時候就有很大的寫作成就，像您，像巴金先生；而現在的年輕人卻似乎較少有這樣的情形了？」

「巴金寫的好的作品是有自傳性的，但我不是。」他說。「開始走上這條路時，我最初就提倡自然主義。所以後來才寫得出這樣的小說。外國文學作品我也看得多。我讀的托爾斯泰的《戰爭與和平》是托翁親自看過的英譯本。現在年輕人接觸外國古典作品，一般來說不懂外文，譯本有些也沒有以前的好。從前因為有競爭，幾家都可以翻譯、出版。現在沒有競爭了。」

於是我們談到他在引介外國文學作品方面所作的貢獻。他說：「我在三十年代寫過一本小小的《漢譯世界名著》，裡面把凡是有兩三種譯本的都同時舉出。後來又寫了《世界名著講話》，用說故事的方法，談《伊里亞德》、雨果等等，在當時《中學生》雜誌發表過好幾篇，提高年輕人對外國古典名著的趣味。」

范先生也說到自己的孩子，唸中學時就很愛讀茅盾先生的這兩本「啟蒙」書。現在這兩本書已合為一本，名為《世界文學名著雜談》，剛剛出版不久。

我仍然對他感嘆沒有能夠繼續讀到他的小說創作是一大遺憾，但也向他表示敬意：以這樣的大作家，一直認真地對青年人作文學上的啟蒙工作，是難能可貴的。他提到另一本《神話ABC》，說有希臘、北歐和弱小民族的神話文學。「我當時覺得，既要研究歐洲文學，就從最初的希臘史詩、悲劇著手，到中世紀文學——如但丁的《神曲》等——一路下來。還有一本《騎士文學ABC》。這些也需要再版。」他說，「年輕人需要知識啊。」

他話說得多了，顯得很吃力，不時把頭仰靠到椅背上，微微閉上眼喘氣。看他這樣辛苦，雖然還想跟他多談談，卻實在不忍心再多留。與他拍了幾張照片之後，便向他告辭。

握著他的手道「再見」時，心裡真是想著下回還要再來看他，再談沒談完的話。看著他又睜得大大的微笑的眼睛，我以為這一定是可能的。然而，這就是我第一次，也是最後一次見他了。

告辭後，我在屋外那顯得有些荒涼的庭院裡停了一下，拍了一張照。送我們出來的他的媳婦小曼女士笑道：「現在不好看，等春天來了，院子裡花都開了，才好看呢。」

我想像著小庭中繁花似錦的景象，然而他在北方的冬末春初時去了，沒有趕上看到了。

出門以後，范先生和我一路上都談著他的事，談他倆的交誼；提到茅盾先生送范先生的字，有一幅寫在扇面上，是很少見的，可惜文革時被抄走了，至今不知下落。我好奇地問起文革那幾年茅盾先生的情形。

「那時沈老（茅盾原名沈雁冰）也有七十多歲了，」范先生說，「就他一個人，什麼事都得自己做。記得有一回寄一疊書給我，看得出是他自己包，自己捆的，仔仔細細整整齊齊的……。有一段時候，他的兒子媳婦全不在身邊了，只有孫子跟他在家裡。他最疼那個孫子。每天早上，他早早就醒了，孫兒還沒醒，他就坐在床前，默默地看著睡著的孫兒。」

不知怎的，這平淡的敘述，卻使我想起〈列那和吉地〉。似乎並沒有太多人注意這篇不是小說的短文，但我偏愛它，因為在那裡我看到一顆又是革命者、又是慈父的心。文中有一段話說：

爸爸（指他自己）……看著他的男孩和女孩，覺得他們的童年多少還不免有些寂寞，便深深地感到抱歉。

這段看也似平淡的話，竟使我十年前讀到時流下眼淚。而今聽到范先生這段話，我忽然想：當這位老祖父坐在床前，看著父母都不在身邊的孫子，會不會想到孫子的更寂寞的童年，因而更感到抱歉？

——或者，因為那不是他的錯，因為那是如此巨大的無可奈何，他就只能默默地坐在床前，看著那張必是酷似他當年的兒子的小臉……

在那樣的時刻裡，他在想些什麼呢？

我望著車窗外，冬日的北京街頭漸漸昇起的暮色，惘然地自問著。他會想些什麼呢？永遠也不會有答案了。

（一九八一年四月，茅盾先生逝世三周後）

烏鎮倒影

是多年前讀了木心的文章〈塔下讀書處〉，才知道茅盾是烏鎮人。塔是指壽勝塔，那位編選《昭明文選》的梁昭明太子曾在此讀書。塔已不在了，茅盾本人當然也早已不在——其實在時也大半生不住在家鄉，卻以家鄉的背景寫出〈春蠶〉、〈林家舖子〉這些名著……

去烏鎮沒見到特別著名的橋，倒是在河上乘了一趟烏篷船。周作人寫他家鄉（紹興）的烏篷船：「在我的故鄉那裡……普通代步都是用船。……普通坐的都是『烏篷船』……」。他形容的是中型烏篷船：「篷是半圓形的，用竹片編成，中夾竹箬，上塗黑油；……船尾用櫓，大抵兩支，船首有竹篙，用以定船。」烏鎮小河上供遊客僱乘的船是比較小型的，沒這許多名堂，但半圓形的黑漆篷頂，稱之為「烏篷」想來是差不多的。我向船孃借櫓試搖，完全無法掌控，好在船不像車，胡亂碰撞也不怕傷人損物，胡攪一陣之後把櫓還給船孃，相視一笑。

烏鎮水邊的房子與周庄、金澤的不大一樣，別處的屋腳石階從後門口延伸進水裡，人們在自家臨水的石階上進行種種洗滌家務；這裡的屋腳卻多見如高腳屋般撐起，有的上面還是個小陽台，花木盆景掩映窗裡的家常情景，道出這還是個人們有自己生活的地方。一位戴眼鏡的老太太臨窗低頭讀書，小船靜靜行過似乎並沒有打擾到她，我感到心安了些——真不想做個討人嫌的觀光客，平白闖入別人平靜的生活圈裡。

果然有一家賣手工紀念品的店叫「林家舖子」，明知是藉茅盾的小說虛者實之，但讀過書看過電影，盡責任的遊客還是要進去繞一圈、買兩樣紀念品，心裡才踏實了。我挑了一條藍印染圍裙，雙魚圖案，回家下廚時會想著這片魚水之鄉的江南小店。

但茅盾故居的紀念館確是實實在在的，很典型的江南水鄉宅第，有一份殷實的讀書人家的品味與樸素。近六十年前，少年的木心在這裡讀茅盾的藏書，驚服於茅盾在批點、眉批、注釋中下的治學功夫，才發現寫小說的茅盾傳統文學的修養並不在周氏兄弟（魯迅、周作人）之下。想到更久以前——那該是上個世紀的早期了——少年茅盾曾在這裡接受啟蒙教育、下功夫讀書、仔細圈點注疏……。然而書都不在了，只剩書屋空殼，令我悵然若有所失。

上到二樓，一大間屋的牆上全是茅盾生平照片，我漫漫地瀏覽著，走近這一片標題是「晚年生活」的照片，忽然……有幅眼熟的什麼，再看，真的是自己沒錯，坐在茅盾先生旁邊；圖下小字說明是「1980年會見旅美作家李黎」——二十二年前了！我對照佇立半晌，環顧周遭人來人往，當然沒有人會注意到我，即使注意到，又怎會與像中人聯想？

離開古宅走到外頭的煌煌烈日下，才像是走出了時光隧道，確定自己還沒有作古。江南炎暑中，想到那年冬天在北京——還記得是十二月，一個晴朗的冬日午後，出版界前輩范用先生帶著我，在一幢安靜的四合院的書齋裡，見到這位清癯瘦削的老人。那年茅盾八十四歲。他一直是我心目中一段錯過了的文學年代的巨人，面對著他，在難以置信的激動平息之後，我仍有一份時光倒流的錯覺。

那天我們談了不少——幾乎全是我問他答：他談自己如何從「賣文」走上文學之途、談寫作《子夜》的前後、談對年輕後進的提攜、對外國文學的引介……當時的我，似乎是想捕捉那些錯過的年代和歷史吧——我的，還有他的，不免咄咄逼問些明知他難以直言的問題，譬如比較四九年前後的文學作品、產生像他這樣作家的大環境、甚至他的「擱筆」……幸而他並不以為忤，總是面帶微笑，說一陣，歇下來喘口氣。告別前用我的像機照了幾張合照，回美後挑出一幀寄給他，就是牆上這張了。

那是僅有的一次見面。三個多月後他便過世了。他為我生平第一本小說集題的字，「西江月」，原跡還掛在我家客廳牆上，二十年下來看慣了竟成視而不見，我竟幾乎把他忘了。此刻這幅紀念館裡的資料圖片，又一次的有如時光倒流，那個照片上的文學青年像是我模糊的水中倒影，當年坐在先生身旁的心情點點滴滴回來，卻似提醒我逝者如斯，正似橋下的流水。

（二〇〇三年夏）

茅盾的題字

我家客廳壁上有一幅字：「西江月／茅盾題」，底下一方鈐印「茅盾」。掛了許多年，來客看見都會好奇地問：真的是那位三〇代作家茅盾的手跡嗎？知道這是我的一本小說集書名的朋友還會質疑：茅盾怎麼會給你的書題字？

其實茅盾先生為我題字時我還不曾見過他。代我求字的是他的老朋友，出版界前輩范用先生，而那是范先生的主意：請茅盾題字、丁玲寫序。當時我根本不敢想、也不相信這兩位文學史上的人物還在，而且願意理會一個名不見經傳的作者。

後來范先生告訴我，他是這麼跟茅盾先生說的：「有個在台灣長大、現在旅居美國的年輕人，寫的小說竟有幾分沈老您的風格呢。」

范先生的眼光的確厲害。我初到美國不久，在印第安那州普度大學圖書館的兩層樓之間一個小閣樓裡，發現四壁都是中文書，而且其中有許多是我在台灣看不到的三〇、四〇年代的中國文學書。我簡直像發現了金礦，狼吞虎嚥這些成長年代的禁書，對於我那是文學史上空白地帶的補課。我把那裡有的茅盾作品都看了，那段時間寫出的小說，可能不免受到他的影響吧。茅盾先生讀後大概是同意了范先生的說法，也許是基於對一個來自異域的年輕作者的鼓勵，而且那時文革剛過不久，或許一個完全不同於紅衛兵的文學青年的誠摯打動了他？

一九八〇年底我到北京，看到剛出版的《西江月》，我的第一本小說集，和封面上的題字。大病初癒、才動過眼睛手術的八十多歲的老人家，字跡不如他先前的遒勁，但我視為珍寶。一個冬日下午，范先生陪我登門拜訪，我得以親見這位中國現代文學史裡上承五四、下啟三〇、四〇年代文學的巨人。但是那天我在茅盾先生的北京四合院家中，那間書房兼會客室裡見到的，卻是一位親切謙和的長者。我為他的題字向他致謝，並且對他作了一個簡短的訪問。

三個月之後——一九八一年三月二十七日，茅盾先生辭世了。如今那間幽靜的兩進四合院已經成為茅盾紀念館。我一直不曾回去過，網上看見照片，庭園還是記憶裡的模樣，花木扶疏，只是多了一座先生的半身塑像。

倒是他的故鄉，浙江桐鄉烏鎮的茅盾故居，幾年前我去參觀過。烏鎮是個寧謐秀麗的江南水鄉，茅盾的小說〈春蠶〉、〈林家鋪子〉都是以他的故鄉為背景。我在美國大學教高年級中文時選了這兩篇小說讓學生讀，配合放映電影，學生都很喜歡。茅盾小說的寫實和自然主

《西江月》，中國青年出版社一九八〇年十月出版，印行九萬五千冊。
封面圖是洪素麗的版畫作品。

義的文體很適合作中文教材，不僅文字生動流暢，而且敘事風格抒情卻不流於一些五四文學的濫情，這可能要歸功於他西方文學的素養。學生讀完小說之後再看電影，更增加了畫面的效果和理解。〈春蠶〉裡的江南養蠶農民，〈林家舖子〉裡的城鎮小生意人，在三〇年代中國動蕩的時局和經濟轉型的社會裡成為悲劇人物，幾十年後依然能喚起另一個時空讀者的同情與感動。

烏鎮故居紀念館二樓陳列著茅盾的生平照片。完全沒有預料到的，我看見牆上掛著當年我和他的合影。忽然間那個多年前的冬日下午，那棟北京四合院裡見到的早已進入文學史的人物，一時又變得如此真實起來。在他生長的故鄉，滋養他的文字和文學的地方，他的人和字都回歸到原位。我竟可以把這個人，和他那何其遙遠的時空連結在眼前當下了。

一個消逝的文學年代的最後一縷光芒閃現，我有幸瞥見了。而他是如此慷慨，在生命最後的歲月裡，為一個來自遙遠的地方、與他毫無淵源的年輕人提筆濡墨，寫下三個字：

西，江，月。

（二〇一一年四月）

簡介

茅盾

（一八九六—一九八一）

原名沈德鴻，字雁冰，生於浙江省桐鄉縣烏鎮。中國現代作家及文學評論家，五四新文化運動先驅者之一。茅盾於一九二八年發表首部小說《蝕》（《幻滅》、《動搖》、《追求》三部曲）。代表作有《子夜》、《農村三部曲》（《春蠶》、《秋收》、《殘冬》）、《林家鋪子》，此外亦著有《西洋文學通論》。他以自己的積蓄設立文學獎（後定為「茅盾文學獎」），獎勵優秀的長篇小說創作。其在故鄉桐鄉烏鎮的居所茅盾故居被列為全國重點文物保護單位。

巴金

一九七九年秋天第一次拜訪巴金先生，我算是「有備而去」的——之前在香港時（那個年代從美國到大陸都要經過香港），朋友聽說我要訪問巴金都很興奮，記得古蒼梧還特別叮囑我要問幾個文學上的問題。那天的訪問全程錄音，先生居然非常配合，所以〈巴金先生談過去、現在、將來〉這篇是完全照錄音謄下來的。至今我還珍存著那兩卷錄音帶，只是很難找到可以播放的機器了。一年多以後第二次去他的家拜見，心情就輕鬆多了，沒有帶錄音機，談了些什麼不復記憶，不過還是留下了合影。再過三年，一九八四元月，那時的政治氣氛跟天氣一樣有些寒冷，我去見住在醫院的巴金，心有所感，因而寫下〈中國的良心〉那篇短文。二十多年將近三十年後重回那幢武康路上的樓房，故居已經成為紀念館。人去樓空，而比起那幢樓外的城市、以及更多的人和事，人世間的變化豈只是一時一地而已？

一九八〇年，李黎與巴金合影於上海。

巴金先生談過去、現在、將來

時間是一九七九年十月十四日；地點是初秋的上海，巴金的「家」。人物呢，被訪問者有一頭蕭蕭的白髮，頭總是昂著；年輕時的照片上最有「性格」的一雙緊緊抿著的唇角依然倔強，但微笑時卻有一份老祖父的慈藹。論年齡，他是可以做訪問者的祖父了。十一年前，在台灣上大學時，她才第一次偷偷讀到他的《家》、《春》、《秋》。那時她怎麼也不會想到，有一天她會坐在他的「家」裡，在一個「秋」天，在一個歷史上的「春」天來臨的前夕，與他暢談一個下午。在座的還有他的女兒，上海《收穫》雜誌的編輯李小林。

雖然剛病好不久，巴金先生講話還是中氣十足；四川鄉音幾十年不改。他說話很快、很直、很「白」，絕不咬文嚼字。下面的對話是根據錄音記下來的，除了他的口頭語「就是這個樣子的」刪掉不少之外，基本上不作改動，以儘量保留他的獨特的語氣。

我正在寫長篇

李黎：聽說您現在正在寫一部長篇小說？

巴金：我在寫個長篇，暫時定名〈一雙美麗的眼睛〉，也許會改也說不定。

李黎：從這篇名推測，大概是寫蕭珊的。

巴金：也不一定，我想寫一對知識分子夫婦在文化大革命中間的遭遇。

反封建的任務還多得很！

李黎：也還在翻譯赫爾岑（Alexander Herzen，1812-1870，俄國思想家）的《往事與隨想》？

巴金：抗戰期間我出過《家庭的戲劇》中間的一部分，後來六幾年又重新改過、又出過。但這一次是預備出全集。共有五本，第一本最近就要出版了。這部書我是一九二八年在法國的時候買到英譯本，讀了很受影響；他的筆鋒帶感情，他的寫法我很喜歡，所以一直想翻，一直沒時間。這一次「靠邊」的時候，我先把《處女地》修改重譯一遍，去年出版了，以後就搞這工作，一共大約一百五十萬字。我在靠邊的時候讀這部書有更多感觸，「四人幫」搞的那一套很像尼古拉一世搞的。我從「第二次解放」過後寫的第一封信到現在，思想也很多變化。《家》重版我寫一篇後記，後來看法又不同了。我當時覺得小說的歷史任務已完成了，但後來在《爝火集》的序上我說：現在感覺反封建的任務還多得很，還遠遠沒有完成。我覺得我們現在社會裡還有很多封建的東西，那時我確實一點也感覺不到。

李黎：中國有不少現存的問題正是封建的問題，可是有些制度一般人沒有想到它的封建性。隨便舉個例子吧，比如現在正在推行的頂替制度：孩子可以頂替退休的父母在原單位工作……

巴金：（「嗨嗨」地笑了幾聲）噯，這個事情——關於這個辦法提出討論時我也參加了。當時沒有想到這一點。當時是為了實際情況，但執行的時候發生很多沒想到的問題。我是覺得我們現在有一個完備的官僚主義的作風和機構；赫爾岑的書就是攻擊俄羅斯那時的官僚主義、文牘主義、官僚階層、公文旅行、時間花在公文裡……。四七年我到台灣旅行一次，跟個朋友談起，說那時日本人比中國還進步一點，不經過公文旅行，電話就解決問題了。我們現在什麼事都要靜候批示——任何大小事物；時間上都很浪費。這是與現代化衝突的，一定要打破。

我這支筆要對祖國、人民有貢獻

李黎：你早年旅行極多，但寫作也始終不斷；是什麼促使你不斷寫作的？

巴金：我不是藝術家——三十年代我就寫文章說我不是藝術家，到現在我在《隨想錄》裡也講我不是藝術家。要想用我這支筆對我的祖國、人民有貢獻，我就是不斷的寫，看了什麼就反映出來。工作就是寫作。我過去不是寫就是翻譯，不是翻譯就是編，所以時間很要緊——我四十多歲才結婚，怕家庭妨礙工作；每年寫上八個月，再到處看看朋友啊，住兩三個月。我在寫的實踐中間學習。我最初寫小說時還有寫別字的，後來慢慢學習，慢慢改，慢慢熟了才懂得文章怎麼才能寫得更好一點。我最初寫文章「歐化」得很厲害。現在外國有人說我修改自己的文章，是「迎合潮流」，我說我不是的，我從拿起筆來就改我自己文章，每印一次就改一次，不斷的改，每次發現缺點就改。我說文章又不是考卷，你可以根據我的初版來評論我的思想變化；但我的作品是要與讀者見面的，我願意以最好的形式出現。所以我說作家有權改他自己的作品。

我還要寫八本書

李黎：你最好的創作作品多半完成在四十多歲之前。這是不是有什麼特別原因？是不是有一類文學作品是要在比較年紀輕的時候創作的？

巴金：這倒也不一定。我解放後寫的少，因為別的事太多。我如果沒有別的事，還是可以寫的，雖然不一定寫得好——我寫作是需要工作，並不是為自己想成名，是有話就要說。但有別的工作時就沒有了時間。寫作是無論如何需要時間的。我今年七十五歲，我預備寫到八十歲，這五年工夫我得多做點事，把其他事撇開。過去是想：反正以後有時間；現在是時間不等人哪！我這五年時間抓緊，寫五本《隨想錄》、一本回憶錄、兩本小說，還有翻譯赫爾岑的回憶。我說我不是藝術家，我覺得現在還可以寫，我有感情；到今天為止，別的談不上，但我愛國——我愛我的祖國，愛人民。我感情還很豐富，我可以寫很多東西。我的思想經過了文化大革命，對我也是個很大的啟示；我自己也算經過一次鍛煉、一次考驗——生死關頭的考驗。古今中外的作家很少人經得起生死關頭的考驗的。我算是經過了這個。要不要死？很可以一下就死掉的，但是沒有死。所以我現在也沒有什麼顧忌，寫東西也不為名也不為利，就是為我的感情留下來獻給人民。

中國人無論怎樣都擺脫不了跟祖國的關係

李黎：所謂「生死關頭的考驗」，很多人是沒有通過的，不是他們不夠堅強，而是考驗太嚴酷了。你經過這樣的經歷，卻仍然有這樣的力量與信心；換作另外一些人，也許早就算了！

巴金：這是為了祖國和人民。從小我就覺得中國人受盡苦難、受盡欺凌，心裡有股氣，覺得中國人不應該被這樣子，所以解放後中國站起來，我感到很高興。我把筆換了，來歌頌新社會，結果經過文化大革命這場浩劫，看到很多不合理的事，才對社會、對環境認識得比較清楚。所以我要把這點寫出來，對祖國、對人民有所貢獻，使將來不會再走這條路。

李黎：在國內我問不少人，像文革這樣的事會再來嗎，大家幾乎都異口同聲地說會。

巴金：我的看法是：文化大革命我也清楚了，要是再來也是很容易的，但我們自己每個人都有責任使它不要來。我到國外訪問時有種過去沒有的、特別強的感覺；中國人無論怎樣都擺脫不了——尤其出了國——跟祖國的關係。每個人都要用全力把國家搞好，每個人都有責任。在國外有些人覺得國內有很多缺點，我說缺點是有，要老老實實對付現實，但每個人都有責任，國家好壞每個人都要負責，不能等別人。所以說文化大革命來不來，要使它不來，每個人就要負責，使它不再發生。要是每個中國人都這樣，就不會發生。我對民主問題也是這樣子想：民主不是恩賜的，是自己有責任去爭取民主才有。你肯講話，才會讓你講話，你不敢講話呢，……我們過去是封建社會太久了，一切是長官意志，你自己不講嘛，聽長官意志嘛，長官當然就「我說了算」了。

李黎：可是現在有人「餘悸猶存」，才一講話，什麼「歌德缺德」就出來了。

巴金：作家要對後代負責，應該有責任啊！應該不怕。不怕就沒有事情了。現在主要是每個人都怕，當然「凡是派」就出來了。

李黎：你這是說要有「道德的勇氣」。

巴金：是啊，所以我準備再活五年，我這一生寫了這些東西、活了這樣久，只希望有些貢獻，不要求什麼，所以不怕什麼。現在國家經過這許多，也在慢慢改進。缺點是慢慢改進，不是一下子就解決問題，所以要有耐心，但是要有決心，參加把國家建設好。

李黎：有決心的人肯定不少，但也有不少人沒有耐心，等不及啊！

巴金：是啊，我們也急，但有決心，只要肯幹，往前多走一步是一步，不是一步不走。每個中國人，就是你，也有責任的，在有個強大的中國之後，在國外站得起來。但也有在國外吃得開的，國際關係一改變，人家對中國人還是打，像越南。越南我去過兩次，在西貢、堤岸的中國人本來過得很好——也不算中國人啦，是越南人，但你不承認沒用處。所以大家應該團結起來，把國家建設好，每個人出份力量。

我們從茅盾起，後來都沒有寫作品，應該好好總結一下

李黎：三十年代一些偉大的作品，像你的、像茅盾先生和其他人的，都是反映當時的社會現實。但一到解放之後，你們這樣的作品就沒有了。好像一條線之後就一切都好，只能歌頌了？

巴金：（又「嗨嗨」地笑了幾聲）所以說今年的「文代會」我提議要總結一下我們這些年的成績和缺點。文藝要繁榮，第一是要多，然後是要好。過去有些缺點，過於限制，一定要寫工農兵，主人公、英雄人物一定要是工農兵。我寫過一篇文章講我自己的缺點：我想寫新人物、寫新社會，但我不夠熟悉，也沒有時間熟悉，寫不好、寫不成、寫不多。我常說我們從茅盾起，後來都沒有寫作品，他主要是文化部長忙啦，但他從前寫的幾部長篇是很好的。我們這輩的老作家都沒有寫——都想換枝筆來寫一寫，有些想改造好了再寫。我覺得知識分子的改造是通過作品在實踐中間改造。……所以，我覺得應該總結一下，到底是什麼原因。我們的希望還是「繁榮」。我的意思覺得寬是可以寬一點，只要歌頌新社會。

應該讓作家寫他自己擅長的東西

李黎：中國的文學傳統，從《詩經》開始，就是有並行的「美」與「刺」——歌頌與批

左上：一九七九年，李黎與巴金合影於上海巴金住處。
右上：一九七九年，巴金與端端、小林。
下：病癒不久的巴金說起話仍中氣十足。

評，都是很重要的。現在是不是該開始一種比較靈活的觀念去解釋延安文藝座談會的講話？

巴金：我在六二年上海二次文代會上發言——文革時為這篇東西檢討過好多次，是個罪名哪——我就說該鬆一點，對待文藝寫作放鬆一點，要不是公開反對社會主義，都可以放鬆。我主張應該讓作家寫他自己擅長的東西，只要是歌頌新社會就可以了，譬如像茹志鵑這樣很有才能的女作家，有一篇〈百合花〉，茅盾推薦過的；她有兩本短篇小說集《高高的白楊樹》和《靜靜的產院》，很有才能，擅於從小事反映大事，從一個人的普通生活反映出新社會的幸福生活。但她就不斷受到批評，說她是寫「家務事、兒女情」、不寫英雄人物。我覺得可以提倡一部分人寫，但多數人不一定要寫英雄人物；我們主要還是平凡人多些，英雄少。有些人說——我也這樣說過——要樹立榜樣呀，大家學習的榜樣呀。事實上讀者不是這樣的，不是讀一本書就可以來學的，所以要寫英雄人物就跟一般讀者距離很遠。他們學不上的。寫一些平凡人物，像五十年代寫一些中國社會風氣，一般人民的思想、青年人思想，這是很好的。我也知道的很多，譬如那時有工商界朋友的小孩不要家裡的財產遺產，儘管父親有錢，卻願意靠自己生活。但到「四人幫」時卻把青年人的理想完全搞掉了。所以青年人思想的問題都是「四人幫」造成的。就拿插隊落戶來說，最初到農村去的青年都是雄心壯志，什麼都不怕；但後來沒人管，沒有人好好照料，搞得這個樣子，使他們接觸到殘缺的現實。

並不一定要「做官」才方便「體驗生活」

李黎：看您這樣爭取時間寫作，使我有個感觸：我回來見到一種現象，就像作家一旦成名或成功以後，就往往有了許多頭銜，要處理許多業務、開會、見人……，然後就沒有時間寫作了。

巴金：這也是一種，但另一方面自己也很困難，我們有培養青年作家的任務，要看稿子、改稿子，這裡演講那裡作報告，講怎樣寫作品啦。這樣一來一部作品出來，第二部就比較困難了。另一方面是百花齊放的「雙百方針」沒有真貫徹。

李黎：我前幾天見到了丁玲先生的時候也與她談到這個問題，她說作家要是不「做官」，收入少不說，想去什麼地方「體驗生活」也不可能，所以雖然做官會佔去你許多寫作時間，但比較起來做做官對寫作還是有方便。

巴金：（笑）做官嘛就是方便一點。至於「體驗生活」是沒有辦法的，倒並不一定要做官才方便體驗生活。我主張作家不該脫離生活。脫離了生活再去體驗生活就差一層了。我自己的經驗是去部隊體驗生活，我起初很怕，因為從來沒有接觸過部隊，但我一去部隊裡倒很簡單，大家庭一樣，一熟悉了很受感動，處得很好。但是再過一個時間就困難了，好像食客似的，閑著無事可做，再深入就比較難了。所以「體驗生活」是有很多困難的。你要熟悉自己寫的東西，這還是要由作家自己選擇。這種生活也許我容易熟悉、那種生活我卻不容易熟悉。所以生活得我自己選擇，不能由機關或作家協會替我選擇。上面說這部分人需要反映，生活下去了，卻寫不出來。

我們有人可以不寫作品也照樣做作家！

李黎：您二十幾歲的時候就寫了那麼多了不起的作品，許多三十年代的作家亦復如此。可是國內現在為什麼沒有這樣的現象呢？

巴金：我跟很多日本作家來往，發現他們寫很多作品，而我們沒有多少作品。我有一種說法——有人不贊成——就是我們有人可以不寫作品，但可以成為作家，可以生活。我們養起一個專業作家，他可以不寫作品也照樣做作家，報上常見面，這裡也有活動那裡也有活動，幾年不寫作品。但是日本那些作家要不寫作品就生活不了。我們那時候，我的工作就是寫作，我們把第一本書寫完就要寫第二本書，我一有時間拿起筆就寫。現在我見到茹志鵑就講，我在她這年紀，二十年裡就寫幾十部作品，她就是兩本短篇。就是種種限制著她、不讓她發展。所以我主張以後應該寬一點，只要一個大目標，不反對社會主義、不反對我們國家不反黨。現在有刑法了，違背刑法依法起訴，不違背刑法，憲法上講的有從事文藝創作活動的自由。憲法上保證這個自由的。作品寫得不好嘛，寫篇文章批評就算了，不是犯罪。古今中外文章寫得不好也沒犯過罪，是不是？

李黎：有一種文學批評不是文學批評——不是就文論文，而是動不動要從文章「抓思想根子」。

巴金：是啊，作為代表行為的樣子。有人問是不是也要有部「文藝法」，我說有刑法了，用不著了嘛。

李黎：如果沒有「法治」的觀念，有什麼法也不管用。「四人幫」的時候有憲法還不是要踐踏就踐踏。

巴金：中國再不搞法治就危險得很，四個現代化就永遠搞不了。其實守法是很簡單的事情，應該一切照法辦事情嘛。

不要養作家

李黎：想聽聽您對新一輩年輕作家的看法。

巴金：年輕作家我想從五十年代的一批說起。最近不是出了《重放的鮮花》嗎，有些「右派」的文章，當時受批判的。這些文章有寫的不錯的，當時這些人如果讓他們發展、寫下去的話，今天就很不錯了。中國今天的文壇很不錯，今天許多年輕人發表的作品都不錯，比我們初出來的那個時候都要好。所以主要的問題就是要讓這些發展，作家協會，只要有什麼事提醒他一下，讓他發展去。我總是說不要養作家、不要設專業作家，寧可有稿費高一點的業餘作家，給他種種方便。作家總得要寫作。我們現在作家不寫作。這個問題我吵了好多年。還有一個是「跟得緊」的問題。我寫了很多作品，以前三十年代的作品現在都編了文集，丟掉的很少。但我現在很多作品稿子寫好就不能用了：我寫越南的有兩本散文，出了一本，另一本寫好了，一部分發表一部分沒發表，結果出都不能出了。我寫一篇文章記在朝鮮會見彭德懷司令員，當時打電報到處發表，後來彭德懷「有問題」，這篇文章就從我的集子裡抽掉了，現在彭德懷平反了，文章又見天日。所以文章越跟得緊，毛病就有了。

應該尊重作家

李黎：中國自古以來作家的地位在統治者的眼中是不高的。從前是與倡優並列，皇帝蓋了宮殿，一高興就把大作家如揚雄、司馬相如等等叫去寫篇東西歌頌報道。

巴金：這個話還沒人敢說。今天陳登科來，我跟他談了。他提倡作家該有版權。我說是該有版權嘛，我們現在國內也不保障版權，作品寫出來是社會財產，出版社來指揮。出版社高興出就出，不高興出就不出，他忽然高興要出了，又沒有出……。作家的錢還無所謂，但起碼要不要出、要怎麼樣發表，應該尊重作家。這是第一。第二是對國外，我們也不能保障我們中國作家的版權。外國要翻譯我們的東西也不經我們同意。

李黎：中國沒有參加國際版權的組織嘛。

巴金：所以我們應該參加。國際應該保證這個。對作家應該重視。在國內也不給他版權，在國外也不保證他的版權，作家地位像是幹部一樣。真正作家的功用應該像是靈魂的工程師，塑造人的靈魂。我的思想對是非善惡的觀念，也許受所讀的書的影響。所以對作家應該尊重——不必養起來，但稍為重視他一點，不必像使用一般幹部那樣子，高興時捧幾句，不高興罵一通。

有時把文學作品說得一錢不值，有時候一部作品不得了，影響很大……

李黎：要說不重視也不盡然，有時對文藝工作者可緊張得很，把他們寫出或演出的影響力估計得太嚴重，好像非常得狠狠批倒、肅清流毒才行。

巴金：我在六二年上海二次文代會的發言也講過了：有時把文學的作品說得一錢不值，作家也是，說托爾斯泰沒用；有時候一部作品不得了，影響好大！

李黎：可以「流毒無窮」？

巴金：為那發言後來我在文革時檢討，罪名很大。青年學生把我叫出來，叫我「自報罪行」，我說我寫書十二卷、十四卷，另外是第二次文代會的「反動發言」——美聯社把這份發言作為電訊稿發出去了，它成為「反華的炮彈」。

最不緊張的是中國了！

李黎：談談您這次出國的感想吧。您這次去巴黎，距上回離開有多少年了？

巴金：五十一年。

李黎：半個世紀！您最大的感觸是什麼？您覺得歐洲這半個世紀最大的改變是什麼？

巴金：一個是法國對中國友情的熱烈。第二是我們太落後了。第三是剛才講的，中國人應該團結起來。歐洲嘛，尤其是巴黎，藝術品特別完美。那個城市老的一部分沒大變，新的一部分很發展。我看了不覺得怎麼樣大變化。倒是看美國來的人感到美國生活緊張，看法國人不覺得。法國人我倒習慣。美國人好像時間上不得了。

李黎：歐洲是比美國不緊張一點，不少美國人羨慕歐洲人的生活方式，輕鬆寫意些，覺得那才是「生活」。

巴金：不過現在啊，最不緊張的是中國了。中國有個時候，五十年代，比較還緊張，但文化大革命以後，現在毫不緊張。法國雖然不緊張，但還比中國「緊張」些。

李黎：我回國來最不習慣的是「慢」。

巴金：是慢。我覺得中國旅館裡服務員不少，但事情得客人自己做。（笑）都不大做事的。在外國很少看到人，但工作很有秩序。

李黎：您是四川人，卻在上海住了這許多年，是對這個城市有偏愛嗎？

巴金：我是破書很多，搬家很難搬。

李黎：（環視這幢陳舊的、西式的三層樓房）從文革前就一直住的是這幢房子嗎？

巴金：我五五年搬來，來後，沙特和西蒙・德・波芙娃來過。文革中，下面隔壁的草場給佔了，當司令部；到六七年底，我就從樓上搬下來，樓上都封了，我們一家都住在這間房間。封起倒好，沒什麼大損失。

李黎：有幾間房？

巴金：一共六間：樓下三間，樓上兩間，三樓一間。

李黎：老先生不爬樓了吧？

巴金：爬啊，我就要爬樓才行啊，一天上下幾十次，我就是要鍛鍊啊。

真正寫作的人，都是從生活出發的

李黎：我想請教您一個所謂「典型」的問題。現在有一種文學批評，比如批評〈傷痕〉一類的文學，常說：這個不夠典型；好像非得真要有多少個姓甚名甚的這樣的人在面前才叫典型，否則便是製造低級趣味或者別有用心。

巴金：這個，我們現在有，過去也有，就是對每一個人物都說不典型，我說這個沒關係，比如要有人寫個作家是壞人，我也不會說「這不典型」而提出抗議。說典型，有許多理論是研究理論者自己搞出來的，是為了研究起來方便，還想指導作家。真正寫作的人從來沒想到這些問題，他是從生活裡出發的，生活裡給他印象最深、感覺出來的就寫。一般作家是沒什麼「主義」的，有一種作家想創造一條路子，先搞個什麼「主義」出來，大宣傳一通，怕別人不了解。像歐洲一些現代派畫、抽象畫，我實在看不懂，幾十年了我也看不懂，你說它有什麼道理不？我講不出。就文學作品來說，它還是為多數人服務的，它將存在幾十年幾百年幾千年，存在下去還是要人懂的，有少數知識分子比如想創新、想找路子，想更特別不同一點，所以搞出些東西只有少數人懂。現在歐洲許多畫，不管怎麼說多了不起，一幅畫可以賣幾十萬，但是幾百年後要是多數人不懂的話呢？作品本身價值還是要由人來決定的。很奇怪，有些人搞創作先要自己解釋，要搞個理論；其實作品跟讀者見面要作品本身能打動人，而不是要先看理論；有些打動人的，一輩子忘記不了。

李黎：「理論先行」？「主題先行」？現在有些作品好像是為了要配合一個政策才奉命寫成的。當然，我不是否認文學家的使命感。但比方像曹禺先生的《王昭君》，一般反應是不如他從前的幾個劇本。為甚麼會這樣呢？是不是就為了要配合民族和睦的政策、為了周總理指示過……

曹禺的《王昭君》還是有點「三突出」！

巴金：曹禺的《王昭君》我看過。前兩場很好。孫美人寫得很好。他把王昭君翻案寫法，道理講得很清楚，很不容易。曹禺我有封信給他——他才華是很高很高的，中國作家有幾個，沈從文、曹禺，都是才華很高的。但是他解放後拘束得很，寫《明朗的天》寫得不好。當時總理對他很好，給他個任務。同時他時間有限制，一天雜務很多，寫作的時間有限，種種原因之後，他的劇本後半部草率了。

李黎：這是不是不僅是草率的問題？作家創作文學作品，當成接受一個任務指示來作，是不是個好辦法？王昭君以一介民女的身分，不但有若大見識，而且遠嫁匈奴之後，比咱們志願支邊的知青還適應得好。

巴金：（玩笑地）這是他還有點「三突出」！（註：指文革期間的文藝指導理論，是「文藝創作塑造無產階級英雄人物」必須遵循的原則：在所有人物中突出正面人物、在正面人物中突出英雄人物、在英雄人物中突出主要英雄人物。）——其實也不是甚麼「三突出」，以前就討論過寫英雄人物要不要缺點，江青這是抄來的，英雄人物不要有缺點這個問題五十年代就討論了。

李黎：像您、茅盾先生、曹禺先生等等，解放後就沒有像從前那樣水平的創作作品，跟這種理論是否有關係？

巴金：這只怪自己。自己受許多框框影響有關係。另外，作家有許多事做，在寫作方面就沒時間了。我是沒別的事做就拿起筆寫作，有別的雜七雜八的事就沒辦法。所以我說：我們就是把作家養起；但我是例外，我不拿工資，拿稿費。拿工資養起的話，不寫文章也可以，但就有別的事情了，所以我好幾年經常叫時間問題。我在《隨想錄》裡也說到：對作家來說，不以作品見面的話，讀者就會對作家造很多謠言了。但曹禺寫的這個還近情一點，只是比較不深刻就是了。還有郭老（郭沫若）的《蔡文姬》，根本不是民族和睦啊，不是大漢族主義麼？我覺得有大漢族主義。

李黎：《蔡文姬》我沒看，不過故事是「文姬歸漢」嘛，只好看怎麼翻案啦。

巴金：曹禺也是那一套啊，沒辦法啊。可惜是可惜啊。我每次都勸他。我在《隨想錄》裡也勸過他，勸他丟掉一些，大膽地寫。

寫不出好作品，只怪自己拿不出勇氣和責任心

李黎：為甚麼增進民族和睦的政策，不用現時現地的題材而要借用古代一個無法帶入的故事翻案來寫呢？

巴金：（笑）他要寫歷史劇嘛。主要問題是——每個人都是，我也是——我是主張大膽寫作的、創造的，結果也沒有。都是這樣子。但主要也怪自己，沒有認真的來大膽寫作。我的六二年的發言題目就是〈作家的勇氣和責任心〉。主要就是作家缺乏勇氣和責任心。我也是這樣子。

李黎：可是「勇氣」太大了，大概從「反右」就打下去了，到了文革時說不定就給打死了。

巴金：當然也有。那時沒想到這點。後來文化大革命中間就是這樣子，平反不了就死掉了。「反右」的時候還沒想到這些問題。這一點我們只能怪自己。如果真正堅持就不會這樣了。我覺得中間老舍倒是寫了好多好作品，像《茶館》，是老舍最好的作品，五七年寫的。寫的好。但寫的還是寫解放以前。老舍是跟得最緊的，他勞動強度真可說是勞動模範。但他的結果……（黯然）我想起來很難過。

李黎：老舍究竟是怎麼死的？外邊說法不一。

巴金：幾個說法嘛。一個說自殺，一個說打死。我聽說是自殺，沒聽說他不是自殺。我也不好多問。總之他死得太可惜。日本人關於他的死寫了好幾篇文章。他是跟最緊，解放最初就寫《龍鬚溝》，寫了恐怕有九、十個戲，寫得不少，各方面都宣傳了。

秋瑾被殺了還有人收屍；現在一個人有罪，朋友都跟他劃清界線

李黎：文革時候有一種現象很令人痛心的，就是有些作家對「同行」的自相殘殺。為什麼會這樣呢？

巴金：這也不一定。我說這個問題是：運動太多了就人人自危。文藝界也好，人在運動中間就是保護自己。

李黎：保護自己就要犧牲別人？

巴金：就是這樣子啊。一說某某人有問題，就是大家揭發。這有什麼辦法？那個時候搞得可怕是這個問題。將來國家要搞好，這種事要避免，不能再出現這種問題。當時沒有是非了。我在《大公報》上有篇文章講反右的時候馮雪峰先生的事，當時也講過些話寫過些雜感。陳企霞——就是所謂「丁陳反黨集團」的那個陳企霞——講過一段話，我也重複講過，就是過去的時候還有人仗義出來說話，秋瑾被殺了還有人收屍，現在一個人說有罪，誰

都怕，朋友都跟他劃清界線，沒有人來仗義執言，沒有人出來辯護一下。我的文章幾次就說過這個。我在文化大革命時沒有人出來辯護，只有避開，或者攻擊，寫交代的時候還要再攻擊一下。一個人問罪了，就大家揭發。我有個朋友，寫了一整套，說我從解放前及抗戰期間就怎麼壞、說了什麼話，一直到最近。寫了一整套，都是編造。我不承認，甚至還對質，把我罵一通，我還是不承認。

過去知識分子講「氣節」，現在這個也「改造」掉了！

李黎：中國知識分子其實在這方面有很好的傳統，像司馬遷的為李陵下獄，顧貞觀和吳漢槎的「盼烏頭馬角終相救」。這樣一種傳統不應該沒有了。

巴金：我覺得知識分子有很多缺點。中國過去知識分子講氣節。現在氣節呢？搞改造的時候，把這個也「改造」掉了（笑）。面子架子都丟掉了。現在最可怕的就是這個。沒有氣節。朋友都靠不住了，誰也不找誰，我「靠邊」的時候很清靜，誰也不來找了。所以我提議現在應該有點人道主義，革命人道主義也好。現在應該鼓吹點革命人道主義。有了人道主義，很多人不至於活活的沒有什麼罪名就被打死，不至於好好的就開了追悼會。像老舍，若不是亂打一通，講點人道，也不至於死掉。他是要學習，勸他不要去他還跑去，結果抓到就一頓打。我倒沒受過體刑，精神折磨有。我說人道主義現在是需要的。不管怎麼樣，主席也講過不能虐待俘虜嘛。

李黎：您覺得現在老一輩作家和年輕的作家之間，會因為年齡、經歷的差別而產生隔閡嗎？

巴金：那倒不一定，那不會是我們這些老一輩作家。或者可能是中年作家，現在比較活躍些的。我們這些老的都下來了，年紀大了，很多都也不大寫了，也沒計劃寫了。中年作家五六十歲的，他們也可惜，也只寫一兩本書，本來好的情況下也應該多寫幾本的。我總覺得作家應該多寫，當然也有好的有不好的，只要不是反黨叛國，寫寫沒關係。反正不違法。現在有法在，很好辦。

有法只是有個依據，自己還得鬥爭

李黎：您對法的信心很大。但我總覺得法制的觀念才是最重要的。剛才也談過了。

巴金：我的意思是你自己得鬥爭。在外國也一樣，你得打官司，打官司也有打輸的哩。有法還不是有冤案。我在法國時也聽見一樁什麼冤案，搞了六年，全世界替他講話，結果還是上電椅處決了，五十年後才平反了。主要還是自己鬥爭，有個法作依據就是了，當然執法怎麼樣還是個問題。我們總得往前進，慢慢走嘛，只好這樣。這十年也是損失太大了。

李黎：我在北京見到丁玲先生和艾青先生，他們的遭遇是二十幾年前就開始了。

巴金：真是浩劫。這是別的國家少有的。這樣的大作家、大詩人……（感歎地笑了起來）作家、詩人地位並不高啊！

李黎：地位不高，可是批起作品來好像影響力又無窮……

巴金：（笑）是要受點「影響」的啊！

李黎：那不就矛盾了？那地位就該高，不該打的時候又打得那麼狠。

巴金：所以想想也難過。不過艾青嘴還是很厲害。

李黎：艾青先生的勁很大，又有一種辛辣的幽默感。

巴金：艾青是……（感慨地欲言又止）唉……他有二十多年這樣的生活了……

「民主」主要的還是作家了解自己的勇氣和責任，不能靠別人給

李黎：請談談您對當前中國文藝的前途有什麼看法吧。

巴金：首先一個是要貫徹「雙百方針」，一個是「民主」。主要的還是要作家自己了解自己的勇氣和責任，不能靠別人給。作家不是在上層指揮下寫出東西的，文學史也不是這樣寫出來的。還是要靠作品寫出來的。現在很多青年沒有理想，但也有青年是很關心國家民族的、有才能的。有些人寫下了作品來。希望他們能多寫些東西出來，只要編輯方面能大膽一點，反正有法在，該吃官司就吃官司。

李黎：要他們寫不是問題，問題是寫了敢不敢發、能不能發，框框條條多不多。

巴金：就是這個問題。一個是敢不敢發，一個是改不改他的。

李黎：這些作品基本上是年輕人反映現實生活的感受，也許在目前是沒有太多編輯敢發。

巴金：就是這個問題啊。不過現在好點，全國刊物很多，有時這個刊物不敢發另外的敢發，也有幾家敢說話的刊物。現在是編輯責任重大。我覺得讓題材寬闊一點，讓作家放手寫一點，膽子大一點。

李黎：中央叫大家膽子再放大一點，可是才大一點，就有歌德缺德這些話來了。

巴金：直接管的人也不同啊，編輯也不同。慢慢來嘛。都是這樣子：民主是爭來的，都得出點力，不會明天起來就忽然形勢好轉了。我們在舊社會生長，做中國人，在上海也受外國人的氣，今天真是站起來了，但是我們都不願意再回到從前去。所以大家要努力搞。

李黎：您覺得前途——

巴金：前途還是光明的。中華民族是偉大的民族。

李黎：現在有些人似乎喪失了這份信心。

巴金：有些年輕人喪失理想，崇洋媚外。我到外國去，覺得要一個人長期離開祖國回不來，也很悲慘，在國外也不容易生根，即使很有辦法，好像也沒多大意思。我覺得人總離不開自己國家，所以還是好好把自己國家搞好。……

我現在寫《隨想錄》，就等於寫我的遺囑

李黎：您的《隨想錄》是「說真話」的榜樣。

巴金：我現在寫這個《隨想錄》，我講了，就等於是我的遺囑，我對一些事物的看法，對文藝方面的看法，都是老實話。怎樣想說怎樣寫。當時我沒想到、想錯了，後來明白了，也照寫。你不曉得當時文化大革命的時候，最初以為真犯罪呀，（笑）我們真老實的呀，真想改造個徹底，我真想在機關裡傳達室做個值班的，都覺得幸福。那個時候批判我時我是覺得真有罪，認真的考慮。後來我才發現他們假，他們不認真，他們完全是演戲。我就看了覺得自己比他們高了。所以這也是有個過程的。

李黎：我讀您《隨想錄》有一段印象很深刻，就是說您那時有一雙眼睛可以把那些人看穿看透。

巴金：但這是自己誠惶誠恐地經過之後才這樣的，不是一開始就這樣。有些文章說我一開始就跟「四人幫」鬥，沒這個事。當時他們是高舉旗子嘛，慢慢慢慢才發現。都是有個過程的。……

封建這東西一定要割掉！

李黎：還想跟你再多談談封建這個問題。

巴金：我總覺得封建這東西一定要割掉。文化大革命之前根本沒有想到這問題，事實上我們以前幾千年封建社會，然後是半封建半殖民地，還是封建的東西，在這基礎上建設社會主義，所以現在發現四人幫搞的許多是封建東西，不是資本主義的東西。他們要打倒資本主義是從封建「打倒」資本主義。現在看起來沒有經過這個總歸吃點虧。所以民主——假民主也好——沒有民主習慣，沒有要講法，沒有保障權利，都是搞封建觀念的甚麼家族觀念啦、搞甚麼開後門啦。……其實照規矩辦事情解決嘛。慢慢來嘛，每個人都有責任，知道多少講多少。肯講也好。

李黎：看到您感到很欣慰。一場浩劫之後，您似乎是「餘悸」比較少的人之一。

巴金：主要的問題是：浩劫過後以後不能再有，就是要防止這個。但是有些人還是希望再來，一而再。現在問題是這一點。

李黎：有個不是文學的問題想請教您。您覺得社會主義的優越性在哪裡？

巴金：社會主義就是計劃生產。我的印象是：五十年代上半期感覺到相當計劃，所以進步得也快，和過去情況比變化得快。後來就是——（笑）可能是封建東西出來了。我看就是計劃生產，資本主義就沒有計劃。我也只能這樣說，我也不能說懂得多少。

李黎：我問過國內不少人這個問題，得到得答案往往只是一個肯定得結論，而不給論證。

巴金：現在我們就是習慣於講空話。是要做出來。優越性本來是有計劃的，給四人幫這樣搞法一切都亂了。……社會主義研究起來比較複雜一點，有各式各樣的社會主義。我覺得這些事情我不應該解釋的，我不是搞政治，我是搞寫作的。

李黎：這些問題是很要緊的。有些問題如果想不通的話——

巴金：想不通就學習。甚麼事情自己腦筋思考思考。過去解釋「革命浪漫主義」和「革命現實主義」結合，後來我就不解釋了。……我寫小說也不是按這些方法寫的，用不著解釋。我總覺得社會主義佔真理，不應該有人剝削人，應該消滅這個人剝削人的這一點。但怎麼樣實現社會主義、社會主義情況怎樣，也很難說。

我以後五年工作等於辦「善後」，對自己的一生做總結

李黎：在外邊的人也很關心您的生活和工作。

巴金：我說以後的五年工作等於辦「善後」，對自己一生做總結。所以有人來同我說寫傳記什麼的，我說不要搞，等我八十歲以後再說。現在我自己工作，能做一點就做一點。以前想可以拖到以後，現在沒有多少時間了。對文化大革命要總結，多留點材料也好。現在也複雜得很。總得要總結，總得慢慢要搞清楚的。這種情況前一年還不可能講得這樣清楚。一方面是群眾的意見、人民的意見。本來說等以後下一代總結嘛，現在好像等不了，恐怕得總結了。總之，前途是有希望的。中國有偉大的人民，人民是好的。中國人能吃苦。五十年代初期希望很大。以後好好搞，也有可能的。……關於文化文學方面，要民主，要大家講話，真正貫徹「雙百方針」，現在是有進步的。

（一九七九年十一月整理於美國加州）

後記：此文首刊於香港《八方》文藝叢刊第二輯（一九八〇年二月），後被收入《巴金論創作》一書（上海文藝出版社，一九八三），但內容略有刪節，主要是提及曹禺和郭沫若的部分。收入李黎的散文集《大江流日夜》（香港三聯書店，一九八五）、《別後》（台北允晨文化，一九八九）中亦有刪節。這是最接近原版的一篇。

「中國的良心」

今年一月，我又到了上海。我心中想見一個人，卻又怕打擾他。我知道他在醫院裡療養，還要堅持寫作；不速的訪客，對他的體力、時間和寫作心情都會是一種干擾。

然而好幾位朋友都說：「你難得回來一趟，總該去看望巴老吧。」

於是我託他的家人轉問他：有沒有時間和精神讓我去探望他？他回話來說可以的，醫生也「批准」。

上海的景色還是和三年前我見他的時候一樣，蕭瑟的冬日，偶或有些淡淡的日光灑在尚未抽芽的法國梧桐身上。我想買些自己喜愛的玫瑰花給他，開車的師傅說：「這個季節哪有玫瑰花賣！」可還是讓我在一家花店裡找著了。我買下了他們僅有的一束紅玫瑰，外加一把亮麗的菊花。

巴金先生住在華東醫院，一間光線很好的單人病房裡。他的家人輪流陪伴他。他穿著條子睡衣褲，坐在椅子上，精神似乎很好。一頭絲般的細柔的白髮，依然是三年前那個模樣。我每回初初見到這位慈藹的祖父般的老人，總會一下子忘記他是堅毅地握了幾十年筆、飽受滄桑憂患的巴金。直到聽見他那口四川音大聲地講出很率直的話語來，才會想起他是誰。

我覺得他教導給我們的，最主要的還不是那幾十卷文學作品，而是他的良心，他對真理的執著與尊重，他承認錯誤的勇氣。在中國那段悲劇的歷史時期、在是非不明的日子裡，許許多多人的良心和靈魂在受著煎熬和試練。當這一切過去之後，我們所見所聞的幾乎都是對別人的指控，而不見對自己靈魂的自剖。我們讀到太多的血淚史，卻不見幾篇懺悔錄。

巴金先生卻是少數的幾個，毫不掩飾的一層一層自剖著自己的心靈。其實他並沒有做過違背良心的事，他只是有一段時期被欺騙了，甚至受到極大的痛苦折磨，但他也毫不容情地剖析自己之所以能被欺騙的根由。他這樣寫道：

……我自己也有責任。我相信過假話，我傳播過假話，我不曾跟假話做過鬥爭。……即使我有疑惑，我有不滿，我也把它們完全嚥下。……正因為有不少像我這樣的人，謊話才有暢銷的市場，說謊話的人才能步步高陞。

——〈說真話〉，《探索集》四十九

一九八四年，李黎再訪巴金。

我深挖自己的靈魂，很想找到一點珍寶，可是我挖出來的卻是一些垃圾。……」

——〈說夢〉，《探索集》六十

他說他尊敬盧騷，稱之為「老師」，因為他正是學習盧騷「寫《懺悔錄》講真話」。

——《序跋集》跋，《真話集》七十一

在受欺騙受折磨的日子裡，他被迫寫過無數篇「檢查交代」，那些當然是同等的欺騙與虛妄。而今，這位七八十歲的老人，寫出一篇又一篇他真正的靈魂和良知的嚴苛的「交代」。這需要極高貴的心靈，極巨大的勇氣。他可以完全不必這樣做，但他做了，為著千千萬萬尋求真理和良知的人。

在這樣的一顆良心前面，我們有太多需要深思的。

（一九八四年春）

重訪巴金的家

上海武康路早年叫福開森路，只有一公里長，也不寬，但是非常雅緻，有好些歐陸風情的老建築。庭院深深的別墅圍牆後面，那些並不顯得陳舊的古典式花園洋房，每一棟裡都隱藏著一個昔日的故事。這裡原是法租界，路旁栽著法國梧桐，人行道上鋪著紅白相間的磚，走在路上會感到一種從容的氣氛。時間在這裡似乎也走得比較遲緩。

巴金的家就在武康路上，一一三號，建於一九二三年，據說原是「俄僑通商事務所」。一棟式樣簡單的三層樓小洋房，後面也有個大院子。

一九七九年十月和一九八一年一月，我曾兩度去巴金的家拜訪他。二〇一二年春天再去，三十多年過去了，巴金的家已成了巴金故居紀念館。已經是四月底了，那天上海卻意外的冷下來，還颳著風，倒有幾分像第一次來時秋天的況味。

巴金一九五五年搬入這棟屋子，直到一九九九年進了醫院再沒出來。將近半個世紀裡，這就是他的家，他在這裡經歷了生命的大起大落，包括喪偶之痛。

進了大門，我開始搜尋記憶——

三十三年前的秋天，那時對上海的老建築還沒有發生興趣，要見巴金並且進行訪問不免有些緊張，因此對武康路和那棟房子外觀的記憶其實很模糊。只記得是棟三層樓的洋房，不要說在當時的上海，就算現在也不是一般百姓住得進的。會見我的地方應該是一樓的客廳，在一個淺淺的立櫃前的沙發上，我們談話並合影。還記得的一處地方就是那個寬敞的後院，因為也跟他在那裡合影過。

一進門的門廳現在變成接待室，當年的第一印象現已不復記憶。正對面兩間房，右邊那間是會客室，他兩次都是在那裡見我的。我們坐在花色淡雅的沙發椅裡，現在的沙發形狀還是一樣，不過換成了顏色鮮明的橙色椅套。那時我與他成直角坐著，我帶了錄音機，他竟然很隨和的讓我全程錄音。他的四川口音不大好懂，不時需要女兒李小林「翻譯」。

他直率的說話我照實錄下寫出，後來在香港《八方》雜誌刊登時據說引起一些爭議，因為談到他的老友曹禺，他說曹禺後來寫的劇本不如以前，尤其是新作《王昭君》太「三突出」了。接著他還主動提到郭沫若寫的《蔡文姬》劇本，批評那是「大漢族主義」。這些話引起曹、郭的家人不滿，後來我將訪談錄收進文集裡時刪掉了那些部分，因為當時巴金先生還在世，我不想造成他的困擾。

一上二樓，過道靠牆一面就已全是書架，擺滿各國各種語文的書——巴金英、俄、法、意文都通的，早年翻譯這幾種外文的書有近三十本之多。他那輩的作家學者們，有很多在年輕時就已經打好了外文基礎，涉獵了古、今、中、外的知識；即使是小說創作，也有深厚的學問底子。茅盾就說過：「知識是底，小說是面上的事。」有底還並不一定能寫出好的小說，何況若是連「底」都沒有的「面」呢。

通往三樓的樓梯攔著，三樓不對外開放，據說全是藏書。這棟樓房的屋頂是斜披下來的等邊三角形，三樓應當是有點像閣樓那樣，天花板也是斜披下來的，到了房間的邊上就變得很低了，住人不是很舒適，藏書倒是最適合。

二樓的右邊房是書房，我發現他用的打字機是老牌的Remington，現在真是古董了。旁邊那間原是夫人蕭珊的書房，依然保留原貌——蕭珊早在一九七二年就病逝了，那時巴金還在「五七幹校」接受批鬥改造，蕭珊也隨之吃了很多苦，包括挨打；病發時連醫治都無門，最後總算進了醫院卻已無法治癒了。這些都是巴金在〈懷念蕭珊〉那篇文章裡，用沉痛但平靜的語氣敘述的。

再往裡就是臥室，床頭櫃上有一張放大的蕭珊的照片。記得我第一次見巴金時他就告訴過我：蕭珊的骨灰一直放在家裡伴著他。

既是西式洋房，主臥房當然有附設的浴室。連浴室裡也有書架，上面也擺了許多書——其實浴室的水蒸氣對書本並不好。衣架上還掛著一件男式睡袍，好像男主人還住在這裡的樣子。

館方人員強調一切都照原擺設，儘量用原件而不用複製品，只除了一架鋼琴——原件是蕭珊用自己的錢買給女兒的，小林實在捨不得留在這裡，搬出時帶走了。

屋子裡給我印象最深的「展示品」是一口老式的箱子，一件烙上了「文革」烙印的遺物。那是一口陳舊的銅鎖木箱，上面貼的封條還保留著，隱隱可見「三結合……封」的字樣，原來是抄家時放沒收物品的。想像當年來抄家的那些對「知識」和「西方」充滿盲目仇恨的年輕人，來到這棟洋房，從裡到外都不是他們日常見得到的精緻物事和書香氣息，怎能不格外尋釁？

出了屋子來到後院，比記憶中的院子整齊美麗得多，想必是後來那些年又整修美化了的。院子裡有櫻花樹和楓樹各一株，據說上個月還開滿了櫻花。我兩次來是秋和冬，難怪對這些樹沒有任何印象。側院有一棟獨立的兩層小樓，從前是藏書屋，現在樓下作為紀念品銷售部，我買了兩本設計精緻的小筆記簿，和一個印了紀念館圖像的書袋。同行的朋友起鬨，說樓上可以開一間咖啡沙龍，供文人雅士聚會……

我卻在想：對於來紀念館參觀的年輕人、學生們，「巴金」這兩個字，代表的除了是一個文學史上的名字，以及是前兩年的電視劇「家」的原作者之外，還有其他的意義嗎？

回想三十多年前的見面交談，那時浩劫剛過，敢說真話的人絕無僅有。我問得直率，先生也答得直率，以致他在訪問中的直言，在香港發表後傳回國內得罪了一些人。他強調作家要有勇氣和責任心，應該被尊重但也該專心寫作，不要緊跟、不要歌功頌德；知識分子要有氣節、不怕說真話；民主不是恩賜的，是要爭取來的；中國不講法治就無法現代化……

我故意問他一九四九年後作品銳減的事，他說：我們這輩老作家，從茅盾起，後來都沒有寫作品！這樣的坦然直白令我心為之一震。說這樣的話需要的勇氣不僅是當時政治禁忌上的，也是一個作者誠實的面對自己——他一語道破了他這輩作家四九年後創作窒息的事實。如今那些指導理論、條條框框、禁忌桎梏固然是沒有了，但他期許作家要有勇氣和責任心，知識分子要有氣節、不怕說真話，民主要去爭取……，還是非常遙遠——有的似乎更遙遠了。

最後他說：文革再來也不是不可能、甚至是很容易的，需要對文革儘快「作總結」——也就是檢討。這在文革剛過的當時真是大膽的言論。他在其他場合也不止一次呼籲建立「文革博物館」，但始終沒有建成。他去世這麼多年了，果然，正如他所擔憂的，這場浩劫已經漸漸被遺忘，許多年輕人對「文革」已經沒有概念，更不用說記憶了。

那年他七十五歲，對我說要繼續寫五年直到八十歲，計劃再寫五本《隨想錄》、一本回憶

右上：上海巴金故居門前。
左上：文化大革命時的封條木箱。
下：故居二樓書房。

錄、兩本小說，還有翻譯赫爾岑的回憶《往事與隨想》……他的口吻自信而自然，好像成竹在胸；然而年齡與健康狀況延擱了他的計劃，《隨想錄》雖然陸續在寫，但回憶錄和小說始終未寫成，赫爾岑的書也只翻出第一冊。

巴金晚年一直呼籲「說真話」，然而對「六四」還是緘口未言，令許多人失望了。他在醫院裡躺了六年，備受煎熬，要求解脫卻不得。那些年我去上海時，好友都勸我不要去探望，因為會不忍見他如此受苦……

而今這一切都成過往，在這棟優雅安適的紀念館裡，我想到的卻是這些並不優雅安適的記憶，而為之深深慨歎。人的生命有限，故居可以整飭修繕，沒有生命的木石都比人存在的長久。凡人要對抗這短促的時間和遺忘，要在短促的生命結束前，留下一些存在比較長久的記憶和遺澤，當是古今無數壯志難酬、抱憾而逝的仁人志士的願望吧。而其中幾人能有一個屬於他自己的紀念館？巴金若是有知，他會希望在這座紀念館裡，對我們說些甚麼呢？

（二〇一二年夏）

簡介

巴金

（一九〇四—二〇〇五）

原名李堯棠，四川成都人，著名作家、出版家、翻譯家。筆名源自他一位在留學法國時認識的一位巴姓的同學巴恩波，以及這位同學自殺身亡時巴金所翻譯的克魯泡特金著作。五四新文化運動以來最有影響力的作家之一，小行星八三一五正是以他的筆名命名的。文化大革命時遭迫害。晚年所著《隨想錄》和提議建立中國現代文學館、文化大革命博物館，引起了很大的迴響，但後者至今未實現。代表作有《家》、《春》、《秋》等。

沈從文

無論是文字還是情懷，沈從文是我最喜愛、最令我心折感動的現代中國作家，卻是最後一位求見的。遲遲不見正因為太想見，反有「情怯」之感——怕他已不想談文學，更怕他想談卻不能談、不願談。「浩劫」之後，其他人都回歸文學，唯有沈從文，早已轉移到服飾研究去了。我的遲疑是有道理的：見了這麼些位作家，只有見過沈從文之後，心中有難以言說的感傷。瑞典那邊早已有這樣的說法：一九八八年的諾貝爾文學獎是沈從文的，但是那年夏天他已辭世……但這已經無關緊要了。

收了寫黃永玉的〈人間風景〉，因為真喜歡他的〈太陽下的風景〉。裡面寫沈從文，是我所有讀過關於沈從文的最感動我的文字。為了沈從文，我千里迢迢去到湘西鳳凰，他的故鄉、他的故居，他童年踩過的石板路和少年離家的水路、壯年回鄉的道路，當然還有他的長眠之處。也看見了黃永玉在鳳凰的宅邸。還有原叫茶峒的邊城，翠翠和創造出她的沈從文，在那裡成為觀光的招牌。

一九八七年，李黎與沈從文合影。

夏日北京：沈從文

中國小說裡，有兩段令我心醉神馳的絕美意象：一是紅樓夢裡寶玉身披大紅猩猩氈，消失在白茫茫大雪地上；一是沈從文的《邊城》，翠翠在睡夢中聽老二的山歌，靈魂被月光下美麗的歌聲浮起來，飄過白塔，飄到懸崖半腰上摘了一把虎耳草。

然而沈從文說：「美，總不免有時叫人傷心……」

是因為美總在消逝嗎？在去看他的路上，我惘惘地想著這些事。他家在崇文門外的公寓高樓——當然已經不是早先逼仄的一間小屋、兩里地外又一間住著妻子那樣的境況了。他的表姪、畫家黃永玉在那篇寫他的〈太陽下的風景〉裡，稱那兩里遙的居處為「飛地」。讀了那些生活記述，覺得《中國服裝史》（出版時叫《中國古代服飾研究》）寫出來是個奇蹟——沈從文本來也是個奇蹟。

門上貼著不見訪客的字條。可見訪客一直還是有，雖然沈先生自從中風後行動說話都不便利了。近兩三年大陸「尋根文學」風起雲湧，而其健將們幾乎全尊奉沈從文的作品是他們最早的源流。沈從文筆下的世界有湘西的山鄉與河流、牧笛與船歌悠揚的呼喚、善良淳樸的村民在漫漫歲月中的哀樂生息、巫楚文化的神奇瑰麗……但並不僅止是這些。他作品中的世界便是中國，淡淡筆墨後面有濃烈的哀愁和美麗，一條古老河流般的包容、嘆息和生命力。因而文學上他雖然休筆四十年，依然沒有被遺忘；而且正是通過了時間和其他的考驗，才愈見其嫵媚與深遠。

八十五歲的老先生端端正正坐在客廳中央的一張籐椅上。夫人張兆和依然嬌小清秀，說話很快，臉上總是掛著微笑。沈老也笑，但是——唉，在這次中風之前，他是個最好看的老先生，臉上永遠有一朵飄忽可愛的微笑；而現在，不裝假牙的嘴笑起來像在做另外一種相反的表情。我才明白為什麼有個朋友一去看見他就流眼淚。我把台灣出的一本沈從文專卷雜誌給他們，沈夫人說他們已有了，但很高興能有多一本。給他捎一盒西洋參，還不知合不合適，沈夫人已連聲說這個好、用得著，他總得要吃這個，都是託妹妹張充和買的。

來京之前便有台灣和美國的朋友託我向他致崇敬之意，我照述了。他笑——像苦笑，咕噥了一句話，意思是：後來多少年都沒寫了。我說：不能寫自己想寫的就不寫，最好。這樣就不會有悔作。

談到小說〈蕭蕭〉改編成的電影《湘女蕭蕭》，沈夫人看過，因而有些意見。我說那電影已不是原來的蕭蕭了，更不是沈從文。又記得沈老在一篇訪問中說過：他覺得〈貴生〉那篇比較適合改編成電影；我便問他們可知道〈貴生〉其實早已被改編成了電影，他倆竟不知道。於是我從五十年代中葉林黛嚴俊演的《翠翠》大受歡迎開始，講到不久便再接再厲原班人馬拍了下一部《金鳳》，便是改編自〈貴生〉的，不過沒有提原作沈從文，而且結尾也改了，成了貴生金鳳大團圓。我說得高興，乾脆把電影裡的插曲也哼給他們聽：「咪咪嘛嘛……」金鳳趕羊時自訴衷曲的歌；和「光棍苦、光棍光……」金鳳貴生打情罵俏的對口歌。順便也提了《翠翠》裡最有名的那首「熱烘烘的太陽往上爬呀往上爬，爬上了白塔，照進我們的家；我們家裡人兩個呀，爺爺愛我，我愛他呀……」真奇怪，小時候學會的歌，一輩子不忘。

沈老笑得像孩子，看看我又看看沈夫人，笑著喃喃說一些話，大約是「我們都不知道哪」一類的意思，夫人似乎非常習慣一邊「翻譯」他的話一邊講自己的話，融合得天衣無縫。我想到黃永玉這麼寫他們夫妻倆：「嬸嬸像一位高明的司機，對付這麼一部結構很特殊的機器，任何情況都能駕駛在正常的生活軌道上，真是神奇之至。……沒有嬸嬸，很難想像生活會變成什麼樣子，又要嚴格，又要容忍。她除了承擔全家運行著的命運之外，還要溫柔耐心引導這長年不馴的山民老藝術家走常人的道路。……」

問他身體，沈夫人絮絮地講，沈老便很合作地把右胳臂慢慢抬起，又緩緩垂下，告訴我這是他四肢唯一可以活動的部分。為他照像，建議他移坐在窗前，照顧他的男護士（註）扶他起來，兩人像角力似地互撐胳臂幾秒鐘，踉蹌一下也就挪移過去了。從鏡頭裡看他，忽然不忍照，真的不忍，在過去那些照片和影片裡，他曾是那麼好看的老先生……。他忽然發話：「我這樣子，像巴金呢——」我一想，老先生們還真的彼此有幾分相像。我建議他戴上假牙也許會更像些——更好看些。他固執地拒絕了，說戴上不舒服。我便快快地照了幾張，好像拍慢點的話自己就要改變主意了。

沈夫人忙著給我續茶水，因我誇那茶好喝。她說是沈老湘西家鄉附近產的，名喚「古丈」。我臨走時她細心地盛了一小罐送我。細細的嫩葉有些像碧螺春，泡開來葉子也不大發，回美國家中泡了喝，味道不及在他家喝的好，一定是水不對。那麼若在湘西喝該比北京更好了。

站起身來告辭。坐了一個多鐘頭了，早先電話中約好不多打擾他們的。而我究竟有沒有打擾他呢？為什麼來看他？他已經不能說什麼了，他要說的早說在那幾十卷集子裡。而且，「真正的痛苦是說不出口的，且往往不願說。」（又是黃永玉的話。）也不會對我說。那麼，是只為了告訴他一句話？他又怎會在意？

我彎下腰握他的手，對著他的眼睛：「在一本選集序言中您說：『我和我的讀者，都共同將近老去了。』可是，您看，您的讀者永遠不會老去——」

我快快地走離那間屋子，怕會承受不住自己的激動。他還坐在那裡面，在北京的一座高樓上，而哪裡是他的湘西？他七十年前離開的鳳凰？山城、白塔、神巫、水手、苗女、渡船的姑娘，以及六十幾年前把青年的他凍出鼻血來的舊北京城……這一切都已像一樁傳奇。

在路對面等公共汽車，看著他住的高樓，估算著他的窗戶是哪一扇。下午的斜陽依然熱，這城的夏天這樣熱而冬天那樣冷，而當年，二十歲的沈從文來到這裡，「開始進到一個使我永遠無從畢業的學校，來學那課永遠學不盡的人生」——去讀那讀不完的「一本大書」……

（一九八七年十月十一日，《中國時報・人間副刊》）

註：後來才知道，那位男士不是看護，而是他的小兒子沈虎雛。

沈從文墓碑：照我思索，能理解「我」；照我思索，可認識「人」。

沈從文的長河

有人問過我：華文作家裡，最喜歡的旅行文學作者是誰？我的回答是：沈從文。問的人似乎有些感到意外。

其實沈從文的許多散文都是旅行的筆記，甚至還附了寫生；整部《湘行散記》就是最精采的旅行文學。正如他的妻子張兆和所說：「沿途的山光水色、急浪險灘、風土人情，所見所聞，一一加以細膩描述……」而他很多介於散文和小說之間的故事也是旅途的風土見聞。

當他還只是個少年，就是沿著家鄉的那條大河走出去看這個世界的。那條河上甚麼都有，是一個自足的世界；他不需要去五湖四海，大洋大洲。而他是個天生的旅行家，旅行文學家；他會觀察，聆聽，體念，同情。他說人生是一部大書。一條河就是教給他思索和體會人生的行旅之書。

一九八七年夏天，我在他北京的家中見到了沈從文先生，在他人生長河的最後年月裡。也見到他的妻子——合肥張家四姊妹的三姐兆和。還在從一次中風復原的老人，雖然仍是那樣謙和，但已無法再發出照片上那樣溫婉的微笑了。我感到說不出的傷心。我來晚了，晚了幾十年，那條河以及河上的沈從文都已不再——他的人生已經走的太久，而且太遠了，我無法把他放在北京那樣的地方；他可以旅行到那裡，但不是留下來終老。

幸而還有文字——但我認識他的文字也太晚。在台灣的年代讀不到，到了美國補課三〇年代的作家，他也被淹沒了許多年，遲遲才像出土文物般被發掘出來，讓我感到相見恨晚的遺憾。

其實算起來我小時就與他打過照面了——那是童年看香港「國語片」的年代，林黛、嚴俊主演的《翠翠》和《金鳳》，很多年以後才知道：竟然就是《邊城》和〈貴生〉改編的！可是電影再也拍不出那份遙遠，憂傷又帶著野性的詩意：孤女翠翠在睡夢中聽到美麗的山歌，靈魂乘著歌聲飄上江邊的懸崖半腰，順手摘了一把虎耳草……

三十年後，當著他的面，我把小時候唱熟的、幾十年也沒忘的兩首電影主題曲唱給他聽。他咧開無牙的嘴無聲地笑，我感到既欣慰又悲傷。

進來一個中年男子，也沒跟我介紹，因見他幫著扶行動不便的老人站起來，我就以為是男看護。後來才知道是他們的兒子——是哪一個兒子呢：龍朱，還是虎雛？作家給兒子取的名字都是他筆下人物、小說題目的名字，「龍朱」是俊美的白耳族的王子，「虎雛」是品貌出眾勇猛如小豹子的少年。後來用作兒子的名字，多麼神氣又浪漫啊！然而那個我誤以為是看護的沉默的中年男子，完全無法讓我聯想到故事裡的龍朱或者虎雛。因為父親後半生的坎坷，他們長大後都做了工人，而且許多年下來，選擇了沉默和謙卑吧。

不到一年之後，這個來自湘西的老人就過世了。於是紛紛傳說瑞典學院已經決定了把諾貝爾文學獎頒給他，豈知他早走了一步……這些話對他還有甚麼意義呢？

他寫了那麼多，關於那條河的上上下下，河的兩岸，被河養育的生命，生死離合的悲歡故事。雖然他的後半生遠離了那條河，但是我們跟隨他的文字回到西南，那些有神話傳說的地方，乘船在他的河流上下、山水人情中，水上和岸上的風景，歌聲，和人——他念念不忘的人：蠻勇的苗人，多情的水手，吊腳樓裡細眉的婦人，唱曲的女子，擺渡的少女和她的爺爺，對之「懷了不可言說的溫愛」的農民與士兵，軍人，勞動者……他說過要用文字為他們建一座希臘小廟，裡面供奉的叫「人性」。

他才是一位真正的旅行文學寫作者，而且是最好的。他寫的是生命的風景。

（二〇一一年四月）

命運之杯——辛亥革命的一課

小時候家裡的大人沒有宗教信仰，不曾帶我到寺廟教堂去燒香禮拜，因而對各類的宗教儀式並不熟悉。直到長大以後當成民俗文化去觀察，才發現「擲筊」這個求神問卜的小小儀式很有意思。後來讀到一篇關於擲筊的文章給了我很大的震撼，從此每到廟宇看見供桌上那一對筊杯就有特別的感受。

雖然據說擲筊的儀式最早是來自道教，但一般民間信仰的廟宇裡一定都有筊杯（不懂為甚麼那毫不具有杯狀的物件叫做「杯」），木或竹製的新月形狀，一般都漆成紅色，一面凸起一面平坦，合起來正好是一對，視覺上相當有美感。求神問卜的人雙手捧住筊杯，默禱之後擲到地上，若是一陽一陰，即筊杯在地上是一面朝上一面朝下，叫做「聖杯」或「聖筊」，表示神明首肯了所求之事。若是兩個陽面，即兩個平面朝上，稱為「笑杯」，表示神明還未決定要不要准許所求之事。若擲出來是兩個陰面，即兩個凸面朝上，就是「怒筊」，表示神明不許可。

既然一陽一陰的組合有兩種可能，「聖杯」的機率就是四分之二，也就是一半的機會了。不知這個規律是誰設定的，但二分之一的正面機會總大過不確定的「笑杯」或否定的「怒筊」——那兩者都各只有四分之一。

但是，如果是攸關死生性命的大事，而那四分之一的機會是「死」，就會覺得四分之一的機遇率還是太大了。

我讀到的那篇令我震撼的關於擲筊定生死的文章，是沈從文寫的〈辛亥革命的一課〉，講述他小時候湖南家鄉一次失敗的「辛亥革命」之後，城防軍的反撲鎮壓行動就是恐怖的大屠殺。成千的農民，從四鄉被莫名其妙地抓來，然後就糊裡糊塗地被拉倒河灘砍頭。每天都有一兩百人遭到處決，一個月下來，河灘上常常堆積著四五百個來不及掩埋的屍首。

到了後來實在砍不勝砍，連官府都有點寒心了，可是已經定調為「苗人造反」不能不剿，便想出一個「選擇」的手續：把犯人牽到天王廟，在神前擲竹筊決定生死。擲到一仰一覆的順筊，也就是「聖杯」，和雙仰的陽筊，也就是「笑杯」的人，都當場開釋。擲到雙覆的陰筊，也就是「怒筊」，就拉去殺頭。

那麼短暫的瞬間，那麼微小的動作，兩塊小到雙掌合攏可以握住的竹片，生命卻操在其中——說是你自己的手中也罷，甚至推給不可知的神明吧……其實是別的人制定了遊戲規則，卻給你兩塊竹片，說：你自己玩吧，用你的性命做賭注。那些無辜的農民很可能從未聽過「革命」這個詞，卻是因這個莫名其妙的罪名枉送了性命。

四分之一的死亡機會，比「俄羅斯輪盤賭」的一顆子彈在六發槍膛裡的六分之一機會還大得多。然而，沈從文寫道：那些「應死的」人，「在一分賭博上既佔去便宜四分之三」，便也沒有話說，低下頭，自己向死亡走去。

當時才九歲的沈從文，目睹了那樣殘酷、愚蠢而且荒謬的情景，學到如此慘烈沉重的一課，長大之後竟然是個極溫婉柔和的寫書人，他的文字裡充滿對小人物的關愛和悲憫。而我自從讀到這個故事之後，每當看到那對新月形的紅色筊杯，總會想到那四分之一的機率：命運之杯。

辛亥革命一百年——無數真正是為革命而犧牲的先烈志士，他們用青春鮮血和性命爭取的，就是一個不再以那般荒謬殘酷的法則來對待生命的世間吧。

（二〇一一年十月）

從文讓人

夜裡下起淅瀝淅瀝的雨，到凌晨時分彷彿稍稍停歇了。在沈從文的故鄉鳳凰聽到雨聲，怎能不想到這樣的句子：「且為印象中一點兒小雨，彷彿把心也弄溼了……」

這天要去沈從文的墓地上墳。不過沈從文寫上墳用的字是「掛墳」，因為湘西人上墳有在墳上掛紙彩球一類的祭奠物的民俗。我在沈從文墓上「掛」的卻是個小花圈。

早就注意到大街小巷裡常有小販捧著一個扁平的大篾簍，裡面是鮮花和草葉編成的花冠；五多半是中年婦女，做買賣的同時，她們的雙手還是不慌不忙的編串著籃子或簍裡的花葉。五彩繽紛的花冠很受姑娘們的歡迎，一路看到不少年輕女孩戴在頭上，比甚麼髮飾都亮眼。

這天一早出門，從河邊第一個遇見的賣花婦人買了一頂新鮮的花冠。我一路戴著，同行的三位湖南鄉親大概有點奇怪我怎麼效法起年輕姑娘來了，但很禮貌的誇了好看。直到我將花冠摘下來掛在沈從文的墓碑石上，他們才明白了。

我們來到沈從文的長眠之地——距離鳳凰縣城僅只一公里的一處幽靜的山麓。山名很雅，叫「聽濤山」，附近還有個「鳳凰第一泉」——鳳凰本就多清泉。從刻著「沈從文先生墓地」的大石牌旁拾級而上，先是有一間兼賣紀念品的書店，店前又是兩塊石碑：一是註明是「湖南省省級文物保護單位」的「沈從文先生墓地」碑；旁邊並立的石碑則是對沈從文墓地的簡單說明，並提及沈夫人張兆和的骨灰二〇〇七年亦埋葬於此。再過去還有一塊大黑石碑，是「沈從文先生墓地簡介」，一九九二年清明立——他去世四年後墓地建成。正感到有太多的官樣文章，還好，再往上走幾階就看見一塊瘦長的直立碑上，黃永玉龍飛鳳舞的草書：

「一個士兵要不戰死沙場便是回到故鄉」

黃永玉用「士兵」作象徵是有深意的。「對於農人與兵士，懷了不可言說的溫愛，這點感情在我一切的作品中，隨處皆可以看出。」沈從文在《邊城》的題記裡如此自道。十五歲，只有高小學歷的一文不名的男孩，參加了部隊，作了一名小兵，他以此自稱，還用「小兵」作過筆名。

離開家鄉的沈從文，他的文學作品帶給他名聲，卻在政治氣候肅殺的年代帶給他災禍。五〇年代初便被極左文人無情詆毀批判，要他接受「改造」，那時的沈從文萬念俱灰，甚至試圖了斷生命。若不是自殺未遂，便早已橫死「沙場」了，卻連一「戰」的機會也不曾給過他。作為一名倖存者，沈從文告別了文學，一頭鑽進一個相對安全、安靜又與「美」相關的領域：他研究起中國古代服飾史，而且成績斐然。然而對一個畢生將寫作當成生命的一部分的人，他心中能沒有最深沉的憾痛嗎？

黃永玉從少年時便熟讀表叔沈從文的文章，中年後目睹表叔遭逢的劫難，始終是滿心的理解與關愛、崇敬與不忍。那些政治風暴帶來的橫逆與屈辱，加諸在一個純樸溫婉的寫作者身上，造成了難以想像、難以言說的折磨與酷痛。沈從文自己不願寫，黃永玉不忍多寫，只有輕描淡寫，濃濃的傷痛化進淡淡的、收斂的文字裡，格外令人動容——而那正是沈從文的文字風格：「好與壞都不要叫出聲來」。何況，黃永玉寫道：「真正的痛苦是說不出口的，且往往不願說。」

小小年紀就離開家鄉，沿著江水渡過洞庭湖到外面的世界去「翻閱另一本大書」，最後，這個鳳凰人終於歷劫歸來，而故鄉人總算張開雙臂迎接了他——他的骨灰。

墓碑是一塊將近六英尺高、據說有六噸重的天然五彩石，未經打磨雕琢，全然本色。石碑正面是沈從文的手跡：「照我思索，能理解『我』；照我思索，可認識『人』。」背面是張兆和的妹妹、書法家張充和撰寫的輓聯：「不折不從，亦慈亦讓；星斗其文，赤子其人。」四句悼詞的最後一個字連起來就是「從文讓人」。

碑前地上有花籃、花束、花圈，還有幾頂花冠。我將頭上戴的這頂摘下，恭謹的掛到墓碑的左上角，看起來就像那塊樸實的巨石戴上了一個小小的，美麗的花冠。這才是「掛墳」啊！

我的手指輕觸著沁涼微溼的碑石，指尖撫過鐫刻的文字，忽然一股無法克制的激動如熱流從心頭湧出直上雙眼。我急忙走到墓石背面去，不想讓人看見我的失態。

情緒平復下來之後，我在墓碑對面找到一塊平坦的石頭，坐下來打開寫生簿。當年沈從文回鄉時在船上作了不少素描寫生，就畫在信紙上，文字加圖像的家書，一道寄給遠方掛念著他的妻子。雖然他隨身帶了相機，但那個年代底片太珍貴，他捨不得照風景，要留著回到家鄉給家人照相。我的數碼相機雖然沒有張數的限制，我還是要為這塊碑石畫一幅寫生，不為畫得像，為的只是細細觀察紀錄那石上的皺摺，線條，凹凸，起伏，青苔……這樣我就會牢牢的記在心裡了。

遊客們走過來，多半好奇的看兩眼就走開去，卻有一個戴眼鏡、氣質溫文、大學生模樣的年輕女孩一直站在旁邊看我畫。伴我同行的楊老師搭訕問她，「妳也畫畫嗎？」女孩說不會，「我是學中國文學的。」

這就引起了我的興趣，便停筆抬頭問她：「那妳對沈從文的作品一定很熟悉了？」她說是的，沈從文全集幾乎都讀了。

我對這位萍水相逢的女孩說：「我也是他的讀者。……許多年前，我見過沈從文先生的。」

上：沈從文墓碑背面的張充和題字。
左下：沈從文拍過照的鳳凰沱江上的虹橋。
右下：黃永玉題字的「一個士兵」碑。

她睜大眼睛，似乎想說甚麼又沒說出來。

我畫完起身離去，女孩跟過來，鼓起勇氣似的問我：「請問，妳是不是從國外回來的？」

我反問：「妳怎麼知道？」

她說：「我看妳坐在那兒……我注意到……」她的臉漸漸漲紅，然後眼睛也紅了，「我注意到，妳在哽咽……」

我很吃驚，沒想到一個陌生人竟然會遠遠注意到我表情的微妙變化，其實我一旦開始作畫時，情緒已經平靜下來了，她是怎麼看出來的呢？

她看出來了。因為沈從文，我和她，異時異地、全然陌生的兩個女子，在一個文學靈魂的墓前，有了短暫的交集，心靈的相通。即使這位作者是上個世紀的人，即使他已經去世將近四分之一個世紀；即使天各一方，在這裡，這一天，我和這個女孩相遇，沒有真正的交談，然而我們的感動和契合已經超越一切。因為他的書，因為沈從文的文字。

墓碑斜後方又有一堵半人高的石牌，上面刻了張兆和為《從文兆和書信選》一書的後記節錄，是她娟秀的手跡，寫的是沈從文去世後，她整理他的遺稿時觸發的感動和悔憾。其中幾段話尤其坦率到出人意外，令人心為之震：

「經歷荒誕離奇，但又極為平常，是我們這一代知識分子多多少少必須經歷的生活。有微笑，有痛苦；有恬適，有憤慨；有歡樂，也有撕心裂肺的難言之苦。……」

「我不理解他，不完全理解他。後來逐漸有了些理解，但是，真正懂得他的為人，懂得他一生承受的重壓，是在整理編選他遺稿的現在。……他不是完人，卻是個稀有的善良的人。對人無心機，愛祖國，愛人民，助人為樂，為而不有，質實樸素，對萬匯百物充滿感情。」

最後一段更是耐人咀嚼：

「太晚了！為甚麼在他有生之年，不能發掘他，理解他，從各方面去幫助他，反而有那麼多的矛盾得不到解決！悔之晚矣。」

表面上是妻子對結縭六十載的丈夫的懺悔，但讀著讀著，卻越發感到也是對那些埋沒他、不理解他不幫助他、甚至還要用矛盾傷害他的人的控訴。

如今還能說甚麼呢？斯人已去，他的一生的悲歡愛恨，尤其後半生遭受的「撕心裂肺的難言之苦」都已經發生過了，承受過了。這些石碑，這些銘記，地上的花朵、憑弔者的眼淚，對他都來得太遲了。

一時還不忍離去，便在聽濤山的小徑上漫步，眺望緩緩流逝的沱江水。雨後的山林愈發蔥翠，想到沈從文在一九五六年那次回鄉，給妻子的家書中說：「鳳凰地方也好看得很，因為一個城市全在樹木中……」如今，至少他倆一同長眠在這些好看的樹木中，再也沒有矛盾，再也沒有難言之苦，再也不會分開了。

（二〇一二年七月，記五月的湘西之行）

簡介

沈從文

（一九〇二—一九八八）

原名沈岳煥，湖南鳳凰縣人，現代著名小說家、散文家和歷史文物研究家。二〇年代起蜚聲文壇，與詩人徐志摩、散文家周作人、雜文家魯迅齊名。雖只有小學學歷，先後在輔仁大學、國立青島大學（現中國海洋大學魚山主校區）、武漢大學、昆明西南聯合大學、北京大學等校任教。一九四九年後承受巨大政治壓力，放棄文學創作，改為從事中國古代服飾的研究。沈一九六九年曾下放五七幹校勞動。一九五〇到一九七八年在北京中國歷史博物館任文物研究員，一九七八到一九八八年在中國社會科學院研究所任研究員。代表作有《邊城》、《從文自傳》、《湘行散記》、《中國古代服飾研究》等。瑞典學院院士、諾貝爾文學獎終身評審委員馬悅然曾於高行健獲得諾貝爾文學獎後，在受訪時表示，一九八七、八八年諾貝爾文學獎最終候選名單之中都有沈從文，且是一九八八年最有得獎機會的候選人，可惜他已於當年稍早過世，因此無緣獲獎。

人間風景——讀黃永玉《太陽下的風景》及其它

一

黃永玉的人物畫不多，但他用文字寫的人多——幾乎可以說，全是寫人。

認識一個人本來就是很難的事。要自己先認識了，再用短短一篇散文寫出來，讓讀的人認識，且會產生同情與不平、喜愛與共鳴；這也就要虧得黃永玉擅長速寫，幾筆一勾，那些人就出來了——敬愛感佩的人、萍水相逢的人、喜歡的人、懷念的人……

正由於認識一個人是很難的事，我根本不能說自己認識黃永玉。三年前由一位我和他共同的朋友引見，到他北京的家裡坐了半個下午，聽他聊了半個下午的天——也就是說，基本上是他講，我們聽。

後來每回想起黃永玉，就是那個冬日下午的情景，坐在我對面的覆著獸皮的沙發椅上的模樣：閑閑地抽著菸斗，閑閑地講故事，一個接一個，忽地停一下，咧嘴一笑。

那忽地一笑是最莫測高深的，一種可以用「純真無邪」這樣的濫詞來形容的笑容，盛滿在咧開的嘴和睜得大大的眼睛裡，出現在一張明明是屬於中年的、卻有著可疑的稚氣的臉上……唉，也許那一笑只不過是一段話最後的一個句號吧。

他說了半個下午的悲哀的故事。中間夾插著笑話。每每方才笑完，他噗噗抽兩口煙斗，又用極閑淡的語言和語氣講起另一則美麗而哀愁的故事。我的情緒被他牽著大起大落，加上忙著記在腦裡（故事都太精彩了，卻不好意思掏出小本子記，只好努力貯存到記憶裡），以致那天出他家門後簡直精疲力竭。

再也忘不了那些故事：一群在長江渡輪上遇見的回鄉過年的四川女孩子，聊天中無心透露出驚人的貧苦（後來寫出來，便是他集子裡的〈江上〉那篇）。湘西小山村裡的弟弟，六年裡與一個一年見一次面、卻未交談一言的女孩子的「戀愛史」。一個在峽谷裡替公社擺香菸攤的老頭子，被人騙了兩塊錢，想不開自己上吊而死。一個容貌極美的苗族繡花女子轟轟烈烈的傳奇……。他有講不完的親見親聞的事——奇的是：這些事偏也都撞上他。

他也複述別人的故事。講沈從文先生的短篇小說《丈夫》，娓娓地用他自己的話講。我從前也讀過那篇小說，並沒有太深刻的印象。然而聽他講了，回頭找來再讀，方才讀到心裡頭去，刻了版一般，再也忘不了了。

三年後又見到他。也是一個冬日下午，也是由一位我和他共識的友人陪著去，也是坐在一張客廳的沙發椅上聊了半個下午的天。不過不是在他北京家裡，是在香港。

正趕上他從德國開完畫展回來途經香港，也正逢他的散文集《太陽下的風景》和三本有話有畫的「永玉三記」——《罐齋雜記》、《芥末居雜記》、《力求嚴肅認真思考的札記》剛由香港三聯書店出版之時。於是一邊隨他翻著集子指指點點地叫我看這段看那段，一邊忙著笑，一邊還要聽他的故事——當然還有說不完的故事。

那三本「永玉三記」令人產生的笑有捧腹大笑、拍案駭笑、竊笑、苦笑、想想才笑、笑完還笑等等諸種效果。我正笑著笑著，忽然笑不下去了，因為聽見他正在說：

「……你知道文革時候最最狠毒的咒人的話是什麼嗎？——『叫你娘老子給你出子彈費！』……殺了人還問他家人要子彈費，人世間還有比這更狠更慘的嗎？」

喉嚨裡彷彿梗著一團什麼，一直梗到胸口，久久散不去。

他那邊廂，卻已從今年是鼠年講起笑話來了：

「從前有個縣官，屬鼠的。一天過生日，拍馬屁的下屬鑄了隻金老鼠送他。他很高興，告訴下屬說：『下個月夫人過生日，她哪，是屬牛的……』」

很多人以為散文好寫：反正春花秋月，憶古思今；長的加點邏輯性和故事情節可成小說，短的分列成行便可作詩。在這樣不幸的信念下，導致無數的散文讀時如出自同一人手筆，讀後便永遠遺忘。

二

黃永玉的散文，卻有一種獨特的風格；就像他的畫，一看就知道是他的，不是張三李四的。

對他散文的第一印象有點像對他本人的第一印象：短小而精彩。

他的文字很精簡，因而讀過去有一種爽脆的味道。很多處看似閑散，其實語句和意象都很濃縮（有點像一種畫風吧）。在沒有堆砌矯飾的、瀟灑無心的精簡的文字底下，卻分明有一份極嘮叨又纏綿的嫵媚情致，因而往往把那種爽脆（有時甚至頗帶著點辛辣）點化成溫柔了。

散文集的打頭第一篇〈鄉夢不曾休〉，是一篇極短的小文，卻把對故鄉的情盛得滿滿。寥寥數百字，像一方小水塘，映著無際的天光雲影：

「故鄉是祖國在觀念和情感上最具體的表現。你是放在天上的風箏，線的另一端就是牽繫著心靈的故鄉的一切影子。惟願是風而不是你自己把這根線割斷了啊！……」

集子幾乎有一半是記好友的。其中懷廖冰兄、聶紺弩、黃苗子、劉煥章幾篇最感人，讀時無法不被他文字的情感牽著走，不能自已地感到淡淡的悲哀或深深的惋惜，卻還要時不時被他板著面孔的俏皮引得發笑。讀他的文章，往往是一件啼笑皆是的辛苦事。

寫書法家黃苗子：大劫之後二黃重逢，黃永玉邀黃苗子去他家看他幾年來的作品。黃苗子說可以騎自行車去：「於是搬出了車子，忽地跨上車座，忽地又從那邊摔了下來。原來他從來沒騎過車。」一個好脾氣的、樂天的、隨和善良的藝術家，吃苦而不訴苦，「那麼好興致地對待一切」。然而，「以後的日子越來越少，想到終有一天好朋友都將真正的分手，想到那漫長的被浪費掉的日子，不免愴然……」（《貨郎集》序）。

寫漫畫家華君武的一篇，順筆提到相聲大聲侯寶林：「有次我問侯寶林教授為什麼不批評服務態度？他沉吟地說：『不忍心。三四十塊錢一個月……』」幾句話，他讓我們看到幽默風趣底下的同情與寬厚。

寫漫畫家廖冰兄（〈米修士，你在哪裡呀！〉），充滿了感念和期望；寫出了朋友的可愛，也寫出了對朋友的鼓勵與鞭策。讀到廖冰兄在香港的人滿為患的斗室中夜半哄孩子，「唱著可怕的催眠曲」怎麼忍俊得住；還說「鴨子要成為作曲家，恐怕比他（指廖）要容易得多。」但一句「他把人世間壯麗的慷慨處理得那麼輕率而瀟洒」又是多麼莊嚴的讚詞。

〈往事和散宜生詩集〉寫老詩人聶紺弩，是幾個懷友篇中較長的，也是最沉重的。且看這段話：「我曾經向一位尊敬的同志談到紺弩，我告訴他，不要相信我會說如果他得到什麼幫助的話，將會再為人民作出多少多少貢獻來，不可能了，因為他的精神和體力已經摧殘殆盡。只是，由於他得到顧念，我們這一輩人將受到鼓舞而勇敢的接過他的旗幟。」讀後只覺得有些不能挽回的東西流走了，剩下的是劫後餘燼般的思憶。「紺弩已經成為一部情感的老書，朋友們聚在一起時一定要翻翻他。」黃永玉為我們節錄了這部「珍本」的幾頁，這樣豐富，卻是這樣出奇地沉重。

還有寫萍水相逢的人。像〈江上〉，讀了的人大概都會深深祝福那幾個可愛的四川女娃兒，希望她們今天都穿得上新衣裳回娘家，捎的禮也不會再是一綑柴禾了。〈畫外一章〉裡記喪偶的醫生，人生在世無可彌補的缺憾，被他用淡水墨畫出來，不經意似地洇在紙上，卻像淡淡的淚痕。

壓卷之作〈太陽下的風景〉，副標題是「沈從文與我」。我覺得這是集子裡最好的一篇。記的是他的表叔沈從文先生，以及他們這叔姪倆所共有的一個美麗而坎坷的世界——童年故鄉的回憶、少年的流浪、青年以後與沈從文共度的日子、劫難的歲月……。他自己、湘西的故鄉、沈從文，成為渾然不能分寫的一體。這不是一篇哀愁的回憶，卻比哀愁更牽動著你的心緒；他寫得含蓄，卻讓老人的形象鮮明起來，連沈從文筆下已漸渺遠的湘西也鮮明了起來，老人就在那超越時空的故鄉背景前，那面對任何橫逆時似乎總也在笑咪咪的臉孔，那逆來順受下的執著，「凡事他總是想得太過樸素，以致許多年的話不知從何談起。」他這樣寫沈從文的文學「斂羽」。

他寫沈從文少年時離鄉背井到北京，郁達夫在冰天雪地中來見他、請他吃飯；寫少年的黃永玉在傍晚上海的馬路上，就著街燈，一遍又一遍讀著沈從文寫家鄉的長文，淚水沾濕了報紙；寫孩子眼中的慈愛的「爺爺」；寫老人吃餿飯不生病的「妙方」；寫巴金先生來訪的小事；寫……

但是，他說：「真正的痛苦是說不出口的，且往往不願說。……描述總有個情感能承受的極限。」因此他並沒有寫太多劫難歲月的事；幾十年的風景像一組組靜態的鏡頭，靜靜的花落水流，在這篇極美的散文裡。

這是黃永玉在文章裡借用沈從文的話：「美，總不免有時叫人傷心……」

三

散文集裡也有畫論——讀者在欣賞他的文字之際，才不至於忘了黃永玉其實也是個畫家。各行藝術，在某些層面上可以相「通」的，因為到底最終目的是欣賞者的美的感受。〈藝術的空間功能〉那篇，從戲劇、電影、音樂談到繪畫，圍繞著「空間」——如距離、留白、

「似斷而續」——的藝術效果，舉例形容、敘述，本身就是一篇很可讀的藝術散文。像記內蒙古老人唱歌的那一段：

「粗啞低沉的歌聲稱讚著他的棗紅馬。他那麼愛那匹馬。他仰著身子，兩眼閃爍著老人的微笑，唱著，唱著，調子越來越高，越來越細，像百靈鳥帶著歌聲，盤旋著，飛到天穹去。只剩下蜘蛛絲似的一點聲音。後來，聲音沒有了，歌還在繼續……

「大家都靜心諦聽。老人仰著頭，雙手撐在盤著的腿上，一動不動，張著嘴——搖著腦袋讓無聲的歌在空中迴盪……慢慢地，歌聲又逐漸從被他引導的高空出現了，慢慢地下降，越來越清楚，越明確，人們又緩過了氣，活躍起來。老人繼續地唱著——」

從幾篇談他自己「習藝」的歷程、談同行友好的文章，可以看出他對藝術的執著、虔誠與謙虛——雖然他本人並不太給人以謙虛的印象（本來，謙虛的藝術家就是極難得見到的）。對同行友好的關懷與推崇叫人看了心裡愉快：「沒有比看到朋友的成就更高興的了。」（〈南沙溝札記之三——鬼手何海霞〉）沒有以「批評」為名的排擠與踐踏，只有欣賞、感激與思念以及更高的藝術要求。

散文集裡也收了幾篇早期（五〇年代）的作品。看得出來，那時他是衷心地欣悅，為著新社會對青年藝術工作者的照顧；然後他到東北大森林去「體驗生活」，寫了幾篇森林的

「報告文學」，很親切可愛，可是，不知為什麼，總令人覺得比起後來的文章來，少了點什麼……

是的，人生的幾遭大劫，歲月的增長，「看山不是山、看水不是水」的心路歷程……經歷這一切之後，他對愛和恨的對象都有了深厚的、另一個層次的了解與體會，不再是如從前的泛泛了。

但黃永玉一點也沒有老，這從他時時忍不住寫寫就「有氣」可以看出來。他還忍不住要刺一刺，刺之不過癮，便要直罵。也正因為刺起來會那麼痛、罵起來會那麼快的「痛快」之筆，寫到要讚美的、帶了感情的人或物，就立即變得那樣華麗莊嚴，亦喜亦悲。

他自己也知道。在寫沈從文的那篇裡，他引了契訶夫的話（本是用來讚揚沈從文的含蓄之美的）：「好與壞都不要叫出聲來。」這道理他當然懂，但當然更常有忍不住的時候：「搞藝術的，不感情用事一點，沒一點激情，能弄得出什麼來呢？」（〈南沙溝札記之三——鬼手何海霞〉）

正因為這樣，才令人覺得這顆心還年輕，還在不住地躍動著。對一個藝術工作者來說，這是比什麼都重要的。

上：一九七九年，李黎與黃永玉合影
與北京黃永玉住處。
左下：黃永玉在鳳凰的藝術工作室。
右下：黃永玉贈李黎畫作《圖窮》。

四

「永玉三記」是一種很少見的形式的書——亦話亦畫，不能稱之為「畫冊」，因為文字顯然更精彩；但怎能想像沒有那些可愛的配畫呢？

《罐齋雜記》原來就是有名的「動物短句」，有好幾則以前零星看過——看過就沒法忘記那種濃縮的俏皮和寓意。

有些是純粹的詼諧：

「母雞：我創作了，我抑制不住興奮。」

「公豬：天天結婚，無須離婚。」

「小老鼠：我醜，但我媽喜歡。」

有些是尖銳的挖苦：

「蛇：據說道路是曲折的，所以我有一副柔軟的身體。」

「羊：我勤於檢點，以免碰壞人的大衣裡子。」

「長頸鹿：我在上頭吃慣了，俯下身來時頗感不便。」

「比目魚：為了片面地看別人的問題，我乾脆把眼睛長在一邊。」

有耐人咀嚼尋味、頗具哲理的話：

「蛾：人們！記住我的教訓，別把一盞小油燈當做太陽。」

「雁：歡歌歷程的莊嚴，我們在天上寫出『人』這個字。」

「蚌：軟弱的主人，只能依靠堅硬的門面。」

「珍珠蚌：一個小麻煩，帶來一個大麻煩。」

還有詩般的句子：

「燕子：一枚遠古的鑰匙，開啟家家戶戶情感的大門。」

「螢火蟲：一個提燈的遺老，在野地搜尋失落的記憶。」

「蝌蚪：童年的瞬間。」

「海星：海灘上，誰扔棄一個勳章在呻吟。」

《力求嚴肅認真思考的札記》，書名故意起得如此嚕囌，毫無「空間功能」可言，裡面的話卻是用最精簡而又有彈力的語言，來給予日常生活中最尋常的事物下一些不尋常的定義。比如：

「仇敵：往往是熱戀過的情人。」

「遮羞布：忿怒的時候，隨時扯下來當武器的東西。」

「迎客松：像上帝一樣，它無處不在。」

「笑：哪個時代成為奢侈品，哪個時代就危險了。」

「乾杯：一副自我犧牲的悲壯表情。」

「鞋：幾乎跟婚姻一樣神秘，舒不舒服，只有腳趾頭知道。」

《芥末居雜記》以半文言文仿古人笥記，「記」的卻是他閱盡世事之餘痛快的挖苦。且錄兩三則短些的「樣品」：

「劇場失火，觀眾爭相奔赴太平門，踐踏掙扎，水潑不漏。一人從容踩群眾頭肩而過之，曰：『人無爭擠慌亂，吾何來如此高度？』」（〈乘火者〉）

「乾隆微服遊江南返，聞一畫人以此為題畫之不休，召之來問曰：『朕遊朕的，你嚷什麼？』畫人曰：『靠皇上賞口飯吃。』乾隆曰：『好！閹了做我太監吧！』」（〈乾隆遊江南〉）

「一雞捨食槽而覓於鴕鳥糞堆中，食之有聲。鴨見奇之。答曰：『鴕鳥糞有進口貨味也。』」（「奇癖」）

「三記」裡不少話是有「典故」的，對中國近代、現代政治社會情況若是不熟悉，有些便似乎需要注釋才行——然而若一經注釋，肯定韻味頓失，蓋其多為只可意會、不可言傳者。

可以想像這位藝術家，啣著煙斗作畫時（或看似閑著時），腦筋可是開動個不停，「力求嚴肅認真思考」，想出這許多「清、奇、古、怪」（他的一篇散文題目的上一半）的名堂、典故、故事、笑話、格言、寓言……

五

一個湘西小山城裡的孩子，十二三歲時就離鄉背井、穿過洞庭湖，去一個充滿不可知的廣大陌生的世界流浪，「翻閱另一本大書」——人生的書。幾乎半個世紀過去了，這本大書他閱歷得也夠多了，溫暖與悲涼想必都已嘗盡閱盡。當六十歲的藝術家把煙斗從嘴裡取下來，然後咧嘴一笑，你真會以為時間向他開了一次大玩笑，眼前該是那個半世紀前在湘西鳳凰縣文昌閣小學課堂裡被叫起來問：「黃永玉，六乘六等於幾？」的孩子。

這世間給了他這許多好風景，他領會了，記下了，然後用筆墨回報給這世間。多好啊。

（一九八四年四月於美國加州，九月發表於《讀書》）

丁玲

一九七九年秋天見到丁玲時，她剛從北大荒回到北京不久，「塵滿面，鬢如霜」，卻依然有一股掩飾不住的、幾乎是神采奕奕的氣慨。她掛上寫字板給我看她是如何克服腰疼站著寫作，三十年下來印象依然極深。兩年後美國再見，她雖然神情愉快但顯得有些疲倦，畢竟有病在身而且人在長途旅行中。然而回國後她還是那樣有聲有色的活躍。雖然為我的小説集作序，後來每次去北京卻沒有想到要去看她。許多年過去，卻是一次延安之行，在集體照片裡看見她的影像而再想起她。直到今天，對於丁玲還是有各種説法的後人評價，但幾乎全都是集中在她後半生的，而我記住的卻是那個我從未遇見過的、大眼豐唇的五四女子——莎菲女士。那個我未曾參與的年代的女子，才是我心目中真正的丁玲。

一九七九年，李黎與丁玲合影於北京丁玲住處。

今生轍——訪丁玲

啓關狂喜，難記何年別。相看舊時容態，
執手無言說。塞北山西久旅，所患惟消渴。
不須愁絕。兔毫在握，賡續前書尚心熱。
回思時越半紀，一語彌深切。
那日文字因緣，注定今生轍。
更憶錢塘午夜，共賞湖頭雪。
景雲投轄。當時兒女，今亦盈顚見華髮。

——葉聖陶〈六么令〉

十年前剛到美國不久，我一進了大學的圖書館就找中文圖書室，找著了就躲在裡頭讀遍三十年代作家的作品——在台灣時想讀而讀不到、不敢讀的。

就在那時，第一次讀到她的書，也是第一次見到她那帖印在書的扉頁上的照片。照片中的她大約在四十歲到四十五歲之間，肩上披著花圍巾，笑得非常爽朗。一雙眼睛也是爽朗而清亮；不像中年人的眼睛——那眼神簡直是屬於少年的，或者赤子的。

一直記著那雙眼睛。在所有關於她的傳聞、譭譽、褒貶的紙堆中，在生死下落不明的謠言中，那雙眼睛似乎總還在那裡亮著。

終於她又回來了，像復活者重返人世。於是看到一張她在飛機場照的相片，「塵滿面，鬢如霜」。風吹著她滿頭白而直的頭髮，像一匹鬃鬣戟張的冬之獅。

一

門開處，是一位白髮蕭蕭的老太太，穿著翻領深藍外套，身軀厚實，略略有些胖，仰著面孔看著我。一兩秒鐘裡，我無法把眼前的老太太與那兩張照片中的丁玲聯想在一起。

不記得是怎麼開始的了，介紹，稱呼……然後，她笑了。這一笑，那雙眼睛就回來了。那雙圓而亮的眼睛，爽朗而清澈的眼神，超越了時空與歲月，一切的顛沛與磨難，都沒有寫在那雙眼睛裡。那是一池不乾涸的活水，幾十年的春夏秋冬和風霜雨雪來而復去，依然還是那一潭天光雲影。

我認出她了，雖然這是今生頭一遭見她。

那是一九七九年十月中旬。北京的秋光很亮麗。人家告訴我：丁玲可能見不到了，她身體不好，在醫院裡休養。我聽著這樣的消息，望著窗外美麗的、卻正在凋落的樹葉，感到十分悵然。可是在離京的前一天，還是見到了她。那時她住在友誼賓館後側的一座樓裡。像個公寓房子，我拾級登上水泥樓梯，找到一扇門，敲門。我可以聽見自己快速的心跳聲。門開處，她站在那兒。她的身後站著她那幾十年共患難的知心伴侶，陳明。

二

剛開始時有點聊家常的味道。我把帶去的兩份外邊寫她的文章給她看。她和陳明比較著幾幀近照的好壞。她喜歡與小孫子合照的一張，亮光照著她的銀髮閃閃生輝。我說喜歡她與陳明相視而笑的一張，為的還是那雙眼睛，和一對患難夫妻莫逆於心的神情。

這些報導和我的造訪引起她一些意見：她認為外間太把眼光放在他們老一輩作家的身上，而忽視了一批她覺得應該重視的中年作家。她說：

「有一批作家，是抗日戰爭時期到解放區、延安、敵後去的，那時才十六七八歲，參加新四軍、八路軍當小鬼、宣傳員，各種工作都做，生活基礎比我們都深。我也是抗戰前上延安的，但在群眾中的生活基礎不如他們，因為那時我已經是個作家了，我下去時的方式常是以一個作家的方式；而他們是群眾裡的一員，一個兵，一個普通幹部，接觸面廣。」

「這些人多數是些初中生或高中生，丟開家庭跑到延安去，起碼先決條件就好——感受了民族的災難。可是這些人的作品常常不為外面所知。外邊總是重視老一代，成了名的；而這批人卻不大被知道。他們現在才五十歲左右，有生活經驗，解放以來的三十年也在各個崗位上。在現在這上下青黃不接的時候，他們是一股力量。」

她提到幾位這一輩的中年作家：「像魏巍，寫《東方》和《誰是最可愛的人》的，過去寫詩，在晉察冀的時候就有名了，全國解放後跟著部隊去朝鮮，以後一直在部隊工作，現在是北京軍區文化部部長。像胡可，是個劇作家，電影《南征北戰》就是他寫的，他在部隊裡寫很多劇，都是演出的。現在是總政文化部副部長。現在寫得很多很好、很有名的白樺，也是部隊出身的。還有像柳青，三六年就到西安編雜誌，一直樸樸實實在農村。馬烽文筆纖巧活潑，用章回小說體寫《呂梁英雄傳》。……這一大批外面都不大知道，一談起來還是謝冰心、巴金、丁玲，他們被我們壓住了。實際上解放後撐台的是他們。

「我自己是喜歡這些人的。也許現在不太時髦了，他們的作品反映鬥爭，現在好像已經過去了。但是有一樣東西是永遠時髦的：可愛的人物，愛國的、忘我的精神，這樣的人物永遠時髦，我們國家需要，即使外國也需要。」

她又稱讚了魏巍的《東方》，認為是文學史上佔重要地位的一本書，將來的人沒有辦法再找資料來寫這樣一部從生活中得來的作品。戀愛的場面也寫得很感動人。

「因為生活簡單化，我們寫戀愛也太簡單化，寫得不好。所以看到《東方》寫戀愛覺得很珍貴。」她說。

三

於是談到了「生活」。她說：

「一個作家，要是沒有生活，就是飄在生活上面了，把筆桿當魔術。所以我喜歡有生活的作品，反映的感情比較多。有人一聽講『為工農兵服務』就頭疼，可是我們百分之八十是工農兵啊。但要說只有寫他們才是為他們服務，這也未免太狹隘。工農兵也需要了解知識分子嘛。所以我也鼓吹《第二次握手》這本書，因為專家、科學家也該寫——從前全寫成反派，多荒謬！——所以『為工農兵服務』也就是為最大部分的人。」

從這裡，她說到了「塞北山西之旅」幾近三十年的感受。

「我被迫到底下去，時間很長——二十多年在底下，五年在牢裡——但是覺得在底下舒服些，那裡的關係沒有摻雜社會上一些髒的、舊的東西，而是純潔的東西。……當然，農村裡落後的有，但很容易原諒，是舊社會給他的，例如迷信。有很多是很純潔的，比較能夠沒有自己。

「我個人在底下二十多年，我靠什麼來營養我呢？我靠底下這些人對我的關係。他們不管你是不是在上層社會，有什麼親戚。我的兒女不是勢利，但他們必得和我劃清界線，否則就得跟我一起當右派。我也希望不來往，不害他們。我在北京誰來理我？成天一個人。誰來也負擔很大的危險。

「可是到老百姓那兒去，誰也沒有把我看成壞人。他們只知道我是個作家，一定是犯了錯誤、戴了帽子才下來的；但他們不管這個，他們只管眼前，眼前看你表現是好人還是壞人，是好就跟你說話，是壞就不理你。只有底下的人民才有這種感情。文化大革命之前他們對我也很好。我工作做得好，幹部不敢說我好，因為右派不能表揚，可是老百姓看我工作好就說好——『難道沒有個是非了嗎？』還說，為什麼不摘帽子？他們就敢說。這就只有在底下才能碰得到。」

四

陳明提到有一位讀者來信，信上說：「丁玲的作品沒看過，只知道是個大右派。最近看報上說妳又出來了，大概是被平反了。可是在我思想裡，妳還沒有平反。後來看到《人民文學》上介紹妳寫的〈杜晚香〉，我基於一份好奇心和求證的心理，看了這篇文章。我看了三遍之後，在我的思想裡給妳平反了。」

她靜靜地聽完陳明的轉述，不無感慨地說：

「沒看到一個作家的作品，只看到罵他的東西，怎會不相信？有人覺得改正錯劃就算了，事實上不容易把過去的印象掃光。……不過我也不管了，能寫、寫了有地方發表，就行了。」

我問她二十年不寫東西，怎能筆仍不銹，功力還在？她說：

「我還覺得力不從心——」

陳明卻搶過去笑著說：

「她下去餵雞時也是全心全意餵雞，實際上是『戰略迂迴』，還要為了寫作——體會生活、人物。但這要很大的耐心，因為不能馬上寫。」

上：丁玲與共患難數十年的伴侶陳明。
下：丁玲掛著陳明為她設計的活動書桌。

她也笑了，但隨即不勝惋惜地說：

「浪費的時間太多了。」她重重地拍著自己的膝頭：「浪費的時間太——多——了！」

我問：「經過這一切，可是妳的信心卻最堅強。請問這份信心是從哪裡來的？」

陳明：「原來也沒有失去。一直沒有失去過。」

我看看他，又看看她。忽然，她笑起來，說了一句沒頭沒尾的話：

「……說我們兩個人……」一直笑個不住。經過一番解說我才會意——兩個人患難中相愛、相扶持的力量……

她停住笑，歛容肅然道：

「說實話，實在是苦。……這些我過去不大喜歡講，最近有一批『老同學』（同一個監牢的），老專家，開座談，說一定要把這段生活寫出來，來教育現在的年輕人。」

「最近鄧友梅在文聯的座談會上說：『這麼多人被打下去，這幾十年他們生活沒有人知道。可是二十年後出來了，沒有幾個是打倒的，都出來好好工作，朝氣蓬勃、為四個現代化拚命努力。世上有這樣的事嗎？我們應當引為自豪。』」

我說：「這大概是中國人特有的堅忍與耐力。換上別的民族，恐怕……」

她接下去：「恐怕就不行。我自己就感覺寧可在底下當右派勞動，儘管苦，其中還有樂。

要我跑外國去，也許人家會當寶貝，拿我作具體反共產主義的標本，但我才不去！」

一個人含冤數十年是什麼心情？她說：

「劉少奇的談『修養』挨了批，可是裡面有兩句話給我很大幫助，大意是：一個共產黨員，就是挨了冤枉，也應該挨得起。一個信仰是不容易去掉的，一旦相信就會堅持。還有，是我們民族有這氣魄——我們的老祖宗是抬著棺材上告、諫皇帝的！我們從小就聽這些故事，看這些戲。」

五

談到她現在的寫作。

「我現在寫《在嚴寒的日子裡》這個長篇，一個鐘頭寫幾百字。要戴眼鏡寫，戴久了眼睛不舒服。有白內障，但不能開刀。吃藥也只是讓它惡化得慢些。勉強啊，老牛不太能耕田，還是耕吧。」

我有些黯然，便換個話題請她談談青年作家。

「年輕作家寫的東西得要深一點。他們生活體驗不夠多。像劉心武，《班主任》寫得比較好，《愛情的位置》就差了，因為不是那麼簡單的一個女同志不懂愛情就要物質的問題。這是社會問題。而這社會問題裡還有個基本的問題——經濟問題。沒辦法嘛。特別像在農村。現在沒有一千元娶不到媳婦。我問好幾個在農村的女孩子，將來結婚要不要綵禮，她們說當然要，人家都要我不要豈不是沒身價了？這是社會風氣。再就是實際問題：嫁女兒，父母不想法替她弄幾套衣服怎行？像好多條『腿』——沒有床、桌、椅這些『腿』怎行？不像過去，在老解放區，在延安，誰要這東西？兩個人要結婚，跟領導一說就行了，找個窯洞房子，公家替你弄一桌飯，開個茶話會。現在需要這些，是社會問題，農村也好城市也好，要解決一些問題才行。

「『傷痕』也是這樣的社會問題。也不是簡單的問題。要想一想，把問題挖深。現在已經好多了，可以碰一些問題。這也有個過程的。這還是個思想問題。

「昨天有位十二歲就當了紅軍的老同志來，他說擔心二十年以後。現在的年輕人，二十年以後是國家當權的，能不能把這十億人口、九百多萬平方里擔起來呢？他很擔心這接班人的問題。年輕人思想複雜，現在如何教育後代？還是要教他們吃苦——生活要往上提，可是還是要教年輕人吃苦，要大家有愛國思想……」

老一輩的在擔憂接下自己棒子的新手。但是新一輩的在想什麼、在擔憂什麼，老一輩的可知道？

六

心裡一直存著「只打擾她半個鐘頭」的念頭，卻見她說得高興，眼睛和聲音都是亮的，真也捨不得打斷她。等談得差不多了，我卻想起一塊木板的故事來：

她的腰背不好，不能長久伏案寫作，需要站直著寫。陳明便為她設計了一個「活動書桌」——一塊可以掛在頸上的木板，她就靠牆站著，在板子上寫。我要求看看這塊板子，陳明便去房裡拿了出來。那是一塊薄薄的木板，對角繫著一根粗線繩。她把繩子繞過頸後，板子齊胸平放，戴上眼鏡，拿起一支筆，放上一疊稿紙，比劃給我看：

「哪，就是這樣子寫的。」

陳明微笑著替她調整木板的位置，然後看著她打趣道：「像街上賣米糕的。」她聽了笑出聲來。我卻感到眼眶一熱。

我為她照了幾張像，然後請陳明坐她旁邊一同照。陳明含笑坐下，端端正正地望著鏡頭；她也含著笑，望著他。我正想要她看鏡頭，她卻向陳明道：「你怎麼不看我呢？」陳明忙把頭一轉，我按下快門，攝下了又一張他倆含笑對望的照片。

可是我想到她的散文〈牛棚小品〉裡所寫的日子。那時的他們全在「牛棚」裡，咫尺天涯，連對望一眼也是難得的無上幸福。而今他們可以無拘無束的含笑凝視，卻像是經過了千山萬水、生離死別之交的重逢。

告別時，我握著她厚實的手，想起葉聖陶〈六么令〉中「那日文字因緣，注定今生轍」兩句，竟一時不知說什麼才好。七十五歲的人，今生結了半世紀的「文字因緣」，沒有悔恨，沒有怨尤，還在循著這條漫漫而脩遠的道轍向前走……

補記：今年四月間聞她因乳腺癌住院開刀，手術後將去山上療養。願她以同等的信心與毅力，征服疾病一如征服困境。因她還有長長的路要走，她今生為自己選擇的道路……

（一九八〇年六月追憶於美國加州）

在延安想起丁玲

去年深秋到陝西，趁著謁黃帝陵、觀壺口瀑布之便順道去了延安。想像中這處當年共產革命的根據地，應該還是斯諾（Edgar Snow）的《西行漫記》（*Red Star Over China*）裡描述的模樣：貧瘠的黃土地上，到處是陝北特有的窯洞，荒涼艱苦但有一股生氣……今日延安的周遭普遍綠化，已經不大看得見光禿禿的黃土地了，城裡也有可觀的樓房汽車熱鬧街道；不過這個豐裕景象並非由於黨特別照顧當年支援他們的老鄉，而是當地豐富的天然氣資源帶來的財富。

原來一九三八到一九四七年間的中共中央所在地不在延安城裡，而是城西北的楊家嶺村。當年那些作為辦公室和領導人居所的窯洞都保存著原貌，確實是簡陋艱苦極了。著名的「延安文藝座談會」場址，則是辦公廳小樓底層的會議室兼飯堂。坐在在那間貌不驚人的小廳裡的木板凳上，我想到一九四二年五月，毛澤東就是在這裡作了〈延安文藝座談會上的講話〉，定下了文藝要為無產階級服務的方針路線，決定了其後數十年中國寫作者的命運。

牆上掛著「講話」之後的大合照，一眼看到照片裡一個女子，坐在前排朱德旁邊，跟毛澤東只隔著三個人，非常顯眼。那個女子就是丁玲。

這才想起很久沒有想到的丁玲。雖然她為我在北京出版的的第一本小說集《西江月》寫序，然而這些年來我很少想到她。不久前聽到她的名字，是在史丹福大學聽一位年輕的中國學者研究丁玲的報告。丁玲一九八六年去世時這位學者可能才在上小學，對於他，丁玲只是一個文學史裡的名字吧。

由延安那張照片裡的座次，就可見丁玲那時的風頭之健。然而她差一點在延安整風中因為寫文章批評領導而出事，幸好毛保住了她。但「反右」時還是在劫難逃，被打成「反黨集團」之後下放到北大荒；文革期間甚至坐了五年大牢，然後遣送到山西的農村改造，直到文革結束三年後才復出。

從一九七七年起到八〇年代初，我幾乎每年都去中國大陸，走訪碩果僅存的老作家。一九七九年十月，出版界前輩范用先生陪著我去北京友誼賓館拜訪丁玲。那時她和丈夫陳明剛從農村回京沒多久，我以為飽受磨難的老人該是疲倦衰弱的，沒想到她精神很好，給我的印象是樂觀爽朗，不像個七十多歲劫後餘生的人。那次見面我沒有錄音也沒有作詳細的筆記，之後憑記憶寫了一篇〈今生輸〉，題目來自葉聖陶寫給她的〈六么令〉詞裡兩句：

「那日文字因緣，注定今生輸」。

丁玲那天談興很高，她與我談到中年和青年作家，談〈延安文藝座談會上的講話〉、談「生活」，說起二十多年的農村日子……我注意到她提到農村都稱「底下」，被打成右派下放到農村說是「到底下去」，但顯然這只是個習慣用語，絲毫沒有負面或鄙視的語氣，甚至對「底下」的純樸和人情味非常懷念。

范先生幫我在北京出版小說集《西江月》，說要請同為女作家的丁玲替我寫序。我根本沒想到有此可能——那時她剛平反，需要養病，而丁玲復出是文藝界的大事，各方搶著向她約稿，怎會有時間體力看我的書稿然後寫序呢？萬萬沒有料到她竟爽快地答應了，而且很快寫了出來。那是一九八〇年夏天。

她在序文裡說我是「二〇三〇年代文學的繼續」，我想到她自己正是成長於五四時代、二〇三〇年代就已有成就的作家，也是一個進步的新女性；那一代的文學的確給了後進豐富的滋養傳承。時空迢遙，她走了漫長坎坷的路，而半個世紀之後，我和她竟然有過那次短暫的交集——這也是文字因緣了。

丁玲可以算是一名五四時代的人，一個在當時極具反叛勇氣的新女性。生於一九〇四年，她二〇、三〇年代的作品以《莎菲女士的日記》為代表作，就是追尋自我，對封建傳統的反抗叛逆，要求女性自主、獨立思考，甚至有些作品還有女同性戀的暗示。那時照片裡的丁玲，卷髮披在臉上，大眼睛，深重的雙眼皮，豐滿的嘴唇，有一種當時還不成潮流的西方的

毛主席在延安文艺座谈会时与文艺工作者的合影 1942.5
前排左起：康生、凯丰、任弼时、王稼祥、徐特立、博古、刘白羽、罗烽、草明、田方、毛泽东、张悟真、陈波儿、朱德、丁玲、李伯钊、瞿维、力群、白朗、塞克、周文、胡绩伟。
From the Front Left: Kang Sheng, Kai Feng, Ren Bishi, Wang Jiaxiang, Xu Teli, Bo Gu, Liu Baiyu, Luo Feng, Cao Ming, Tian Fang, Mao Zedong, Zhang Wuzheng, Chen Bo’ er, Zhu De, Din Ling, Li Bozhao, Qu Wei, Li Qun, Bai Lang, Sai Ke, Zhou Wen and Hu Jiwei

上：一九四二年延安文藝座談會時的大合照。
下：延安文藝座談會址。

性感。

她的作品被魯迅推崇為革命的文學，其實這是與後來延安教條扞格的東西。而她那時確實是「革命」的，因為她的精神起點是五四。她進步，左傾，被國民黨迫害，丈夫胡也頻被殺害，她也坐過牢。她嚮往一個不再迫害人的政府，已是知名作家，卻放棄去法國深造的機會，一心一意要去延安。

她總是「革命」的：在延安時因為替女同志打抱不平而寫〈三八節有感〉，卻差一點被打入反黨黑名單；一九五〇年的得獎作品《太陽照在桑乾河上》又並非政策教條文學。但即使後來被打成「反革命」到秦城監獄坐大牢，她還是認同自己是革命的；一九七九重返文壇還是「左」，可是在八〇年代初主編的文學雜誌《中國》卻登了殘雪的現代派小說、北島的朦朧詩，甚至異議人士遇羅錦的文章。然而「清除精神污染」運動時她又加入支持黨進行「清污」的隊伍……。這使得不少研究她的人百思不得其解。

下放二十年，坐牢五年，她的抱怨卻只是：「浪費太多時間了！」對於那個深深傷害她的政黨卻無怨言。記得我與一位年輕作家談起丁玲，他說：「跟別的被迫害的人不同，丁玲是覺得被自己的孩子打了，所以只有傷心，但沒有怨恨。」所以她始終相信自己才是革命的——那個打她的革命政黨裡的多數人還比她資淺呢。而且她始終天真地以為迫害只是私人恩怨，所以她不會去質疑、遑論挑戰那個政黨，那個制度。

一九七九年我在北京見到她和丈夫陳明——他倆一九四二年在延安結婚，那是丁玲的第三次婚姻，當時她已三十八歲，陳明只有二十五歲；終其坎坷的後半生，陳明對她照顧得無微不至。那天最生動的印象，是陳明幫她把寫作用的木板掛起來示範給我看——她有腰疼的老毛病，坐著寫會疼得受不了，陳明替她設計了一塊薄木板，對角兩端打洞穿根繩子平掛在胸前，她就把稿紙擱在板上站著寫字。陳明還打趣：「像個賣豆腐的！」七十幾歲的丁玲，站著，身前掛塊木板，在上面堅持寫作。

還有就是替他倆照相時，陳明規矩地看著鏡頭，她卻微偏過頭去看他，笑道：「你怎麼不看我呀？」那親暱又自然的撒嬌語氣，真無法相信是出自一個七十多歲的老太太。陳明便帶些羞窘地笑看她。我拍下了那個鏡頭。

這個有一雙天真的大眼睛的多情湖南女子，在另一個時空，她可能就是一個單純的女性主義寫作者。這一段中國的歷史對於她，或者任何一個用文字來抒情和反抗的人，都是太複雜了。

同是寫作的女性，她的經歷卻是我難以想像的：在湖南老家反抗傳統婚姻而離家求學，在上海寫作成名參加左聯，丈夫被殺害自身被囚禁，赴延安投身革命坦率敢言，在嚴酷的北大荒保持堅強樂觀，回到北京立刻回到寫作……終其一生對文學的熱情始終不改，即使這份熱情帶給她致命的苦難。

一九八一年她應邀訪美，我在洛城張錯教授家與她重逢，相聚非常愉快。但後來我去北京都沒有再去看她——我們的時空差距畢竟是太大了。她在一九八六年去世，八十多年曲折漫長的、夠別人活上幾世的人生，見證了一段短暫卻多難的歷史。

（二〇一〇年十月）

簡介

丁玲

（一九〇四—一九八六）

原名蔣偉，湖南臨澧人，現代著名作家、社會運動家。代表作有《莎菲女士的日記》、《我在霞村的時候》、《太陽照在桑乾河上》。一九三一年擔任「左聯」刊物《北斗》主編；一九三二年加入中國共產黨；一九四九年後担任各種中共文藝單位要職。一九五五年後遭受政治迫害，被劃為反黨小集團，下放黑龍江農墾區。一九八四年獲得平反。

艾青

我是讀了艾青的詩——青年時代的詩，想要見他的。那是「浩劫」結束之後才三年，他住在在北京一間陳舊的四合院房間裡。詩人的人與文字常有極大的差異：詩熱，詩人的表面卻顯得冷——或者冷嘲。但我很快發現他淡淡的嘲諷底下的幽默和親切，於是去了一趟新疆回北京之後又去找他聊天，還「蹭」了頓中飯。後來他的兩個女兒和一個兒子都出來與我們合影。我特為那個安靜的少年照了兩張單人照，卻不記得有交談，也不記得寄給他的單獨照沒有，此後也從來沒有再見過。很多年以後才想起，那個少年或許就是國際知名的藝術家艾未未。次年（一九八〇）在愛荷華再見艾青（艾青和王蒙是那年被邀請的兩位中國作家），幾天相處愉快但已沒有北京四合院裡那份親切之感了。以後就再也沒有見到他，也再沒有讀到他的詩作。

一九七九年，李黎與艾青合影於北京。

北方的吹號者

一

而我
——這來自南方的旅客，
卻愛這悲哀的北國啊。
——〈北方〉（一九三八）

好像曾經聽到人家說過，吹號者的命運是悲苦的，當他用自己的呼吸磨擦了號角的銅皮使號角發出聲響的時候，常常有細到看不見的血絲，隨著號聲飛出來……
吹號者的臉常常是蒼黃的……

——〈吹號者〉（一九三九）

想到中國的新詩，就會想到艾青；想到他的大堰河和吹號者，雪靜靜地落下來的悲哀的北中國，然後是火把、啟明星……然後是整整二十年的沉寂。

沒有一個人的痛苦比我更甚的——／我忠實於時代，獻身於時代，而我卻沉默著／不甘心地，像一個被俘虜的囚徒／……

——〈時代〉（一九四一）

這樣漫長的沉默，人們卻並沒有忘記他。讀過他下面這一段詩的人，總會隱隱地期待再聽到他的聲音——

你從什麼時候沉默的？

從恐龍統治了森林的年代
從地殼第一次震動的年代

你已經死在過深的怨憤裡了麼？

死？不，不，我還活著——請給我以火，給我以火！

——〈煤的對話〉（一九三七）

艾青還活著。當然，還活在他深愛的北方。

生在江南（浙江金華）的艾青，七十年的歲月卻大半是在北方度過的。早年在江南、在法國，還在上海的牢獄中耽過，抗日戰爭時期輾轉到了西南；從三十一歲到延安之後，就再也沒有回到南方去居住了——頭幾年在陝甘寧的黃土高原的北方；四九年之後遷到北京。五八年戴上「右派」的帽子之後，便開始了在北方的荒原和荒漠中的流放生涯——先是在北大荒住了一年多，然後在新疆度過漫長的十六年，一九七五年才又回到北京，為的是治療眼疾——他在前幾年經檢查發現：他的右眼已因白內障而失明了。

直到一九七八年，這住在遙遠的地方沉寂了整整二十年的詩人，終於出現了，獲得了平反——最重要的，是又獲得了一個作家本就該有的寫作和發表的權利。

二

——躺在時間的河流上
苦難的浪濤
曾經幾次把我吞沒而又捲起——
流浪與監禁
已失去了我的青春的最可貴的日子

——〈雪落在中國的土地上〉（一九三七）

我的身上／酸痛的身上／深刻地留著
風雨的昨夜的／長途奔走的疲勞
但／我終於起來了

——〈向太陽〉（一九三八）

一九七九年，深秋，北京。

史家胡同的一個小小的四合院。進了院子，先就看見右首一家粉漆斑駁的窗台前，一排十來盆小小的仙人掌盆景。立刻，使我想起了沙漠。

屋子是陳舊的平房，跨過絆腳的舊式門檻，是一間有床有櫥有飯桌有椅子的外屋。穿過外屋走進內屋，是一間只放得下一張雙人床、一排貼牆的書櫥、一張書桌三張椅子和一張小几的小房間。

（第二次造訪，才曉得在緊鄰的另一個四合院裡，還有一個廚房、一個吃飯間和一間小臥室，也是他家的。）

這就是艾青的家。

艾青坐在內屋的書桌前，書桌朝著窗，窗朝著四合院的天井。他的習慣是凌晨（或者說，半夜）三點鐘起床，在這裡坐下來，開始工作。等到一般人都開始工作的時候，他往往還是坐在這桌前，見朋友、見前來催稿的編者、見訪問他的各路人馬、應付不速之客、讀來自國內和海外的信件，等等等等，或者繼續埋頭寫作——如果運氣夠好雜事不多的話。

早年顛沛流離外加坐過幾年牢，中年開始遭到長時間的否定和流放，直到晚年，而晚年，一眼失明……

可是眼前的艾青的模樣，就像他自己說的（用淡淡的語氣）：「並不悲慘」——頭髮黑黑的、腰杆挺挺的、肩膀寬寬的、眼睛直直的看著人，嘴角總有一絲若有若無的、帶點嘲諷的笑意。

他說話慢慢的，調子低低的，出口的字句都非常簡潔；有的像格言詩，有的像早就想好的、卻裝作不經意地丟出來的幽默，帶一絲辛辣。

一見面，寒暄過後，我問：

「您身體好嗎？」

「還可以。」淡淡地。然後噴出一口煙。（他是個菸抽個不停的人。）

「像您這一輩的中國作家，經歷的可以說是最多的了。」

「多，但也很單調。」

「還單調？各式各樣的遭遇——而且往往很悲慘。」

「也不悲慘。我並沒有感到悲傷。有人比我悲慘。」

「這是相對來講的。你們受的苦難，很多是不可想像的。」

他半瞇著眼，看著煙霧說：「想像應該比這豐富多了——也自由多了。」

我想到見他之前從友人處得到的對於他的印象：「聽說您幽默風趣，我很奇怪：經過這些年的生活，還可能這樣嗎？莫非是一種從困境中提煉出來的幽默？」

他微微一笑：「幽默還要提煉啊？又不是石油！是生活鍛煉的。幽默是找出事物間互相的矛盾；有的叫幽默，有的叫笑話，有的叫滑稽，離開矛盾，這些都不存在。」

這個時代是要用許多的大合唱和交響樂來反映的。我只不過是無數的樂隊中的一個吹笛子的人，只是為這個時代所興奮，對光明的遠景寄予無限的祝福而已。

——《春天‧後記》（一九五六）

三

我們從他早年學畫談起，談到寫作，我問他對於作家寫作受限制程度的看法。他說：「現在比什麼時候都開放。現在刊物特別多，每省有兩三個刊物：省的、省會的，還有季刊。北京中央一級的有《人民文學》，還有《詩刊》、《北京文藝》、《十月》、《當代》，北京市區東城、西城、郊外的縣都各有刊物。形成的好的現象是誰也壟斷不了，壞現象是刊物多，約稿不易，質量會降低。」

我不以為然：「中國人這麼多，就算按人口數字比例，好的作家也該不會少。」

他卻只管談詩去了：「有人挖苦說：寫詩的人比讀詩的人多。蘇聯人說每一張樹葉都有二十個詩人在寫。《詩刊》現在的銷路是（每期）四十萬到五十萬份，我看別的國家不定有這大數量。《人民文學》一出就是七八十萬本。」

我問他在這「空前開放」的形勢下，對前一陣喧騰的「歌德缺德」、「向前看向後看」有什麼看法。

「這個歌德缺德、向前看向『右』看嘛——」他笑了：「你們海外也知道啊？……一般來講，相反的文章是會起一定作用的，是好的，可以更開放些。」

他隨口談些刊物，提到胡風的名字，我便攔住他的話頭，追問胡風的近況。他卻不答，只慢慢地說：

「我們生而有幸，從三十年代開始活動，受誤解、吃苦頭，也是從那時候起。實際上，任何時代、任何國家，都有矛盾，都有不同的見解。只是於今尤烈。……我只知道胡風還活著，要他當四川政協委員，又聽說他不愛當。上面要怎麼樣，他本人怎麼樣我也不知道。不過，如果需要徹底澄清三十年代的問題，他參加（按指去年十一月召開的文代會）比不參加好。」

「有些人可惜已經不在了——你們都是歷史的見證，甚至往往是歷史本身。」

「年紀大的人，假如沒有別的事幹，是可以證明一下某個歷史階段的事。……歷史本身不是單純的某一條線，是很多事錯綜複雜的線。譬如像我們，」他那微帶嘲諷的笑容又出來了，「可能代表一條比絲更細的線——想像中的數學上的線。兩點間虛設的線。」

中國，
我的在沒有燈光的晚上
所寫的無力的詩句
能給你些許的溫暖麼？

——〈雪落在中國的土地上〉（一九三七）

四

我給他背這段詩，告訴他這幾句給我的震動。我給他看我的一首為「五四」一甲子而作的長詩，然後問他：為什麼，六十年了，幾代的中國人好像一直在尋找同樣的東西。他說：

「這不過是說明了：有些東西很難去掉，有些東西很難找到。……

「我聽說在荒原裡走過的人，或者在森林裡走過的人，他自己感覺到是一直向前走，可是走走就走回到原來的地方。什麼道理呢？兩條腿的長短是不統一的。『差之毫厘，失之千里』。我在荒原裡呆過。最早到荒原裡的人，都有這經驗。」

我咀嚼著這一段詩般的話，沉默了一陣。然後我問到他在「荒原」裡的生活經驗。生活、物質上的折磨，對詩人會產生什麼特別的影響嗎？他卻總是先想到比他更不幸的人：

「我受的折磨不比別人多。我身邊還有點『剩餘物質』，比一般人富裕些，可以到附近的農村買點東西，物質上還沒有匱乏到毫無資源的程度。我看過比我困難的人，除了固定工資之外再無來源了。五十年代訂的工資一個人用，六十年代兩個人，七十年代三個人了，可是工資沒有因為人口增加而增加——以工作能力來決定，並不根據生育產量來決定！」

「生活的磨練可以提煉出詩篇來嗎？——對不起，詩『不是石油，不能提煉』——還是只有好的生活條件才能使詩人專心寫作？」

「每個人生產狀況不完全一樣。夏衍可以在一間六七個人喧鬧的辦公室裡照寫他的論文。寫詩，當然要找沒人走的地方——但也是各種各樣，有的詩產生在喧鬧的地方，像桑德堡的；林德賽的《霧》卻是另一種。靈感如果像一個朋友，他所交的人就不一樣。」

他在新出的《艾青詩選》自序中就說過：「有人反對寫詩要有『靈感』。這種人可能是『人工授精』的提倡者，但不一定是詩人。」我聽他提起「靈感」，便引這段話來笑他的「妙喻」。他也笑了：

「是啊，就是說：不是本身產生，而是外力產生的。」

他喜歡用「妙喻」——事實上，哪一個人的詩能完全不用比喻、象徵呢？他在同一篇自序中便寫道：

「比喻也最容易被人歪曲甚至誣陷——歷史上不少『文字獄』都由比喻構成。」

我們又談到他四十年前的舊作《詩論》。他有些不解地說：

「一般知道我的是四十多五十歲以上的人。像你這年紀的人知道我的不多。」

我又不以為然：「這是文字的力量，可以跨越時空的。」

「但有的跨不過——空間和時間都封鎖了。本來輪船全世界都可以跑，但港口不開怎麼辦？封鎖是厲害的，一種是愚民政策，一種是不要外面的東西進來。……就事論事，現在是比過去開放多了。」

「是不是應該更開放些？讚美與批評應該是並行的，這也是中國文學上的傳統。」

「提倡只歌頌的是極少數。我贊成應該再放、更持久的放、再放大一點。反對的人希望粉飾現實、掩蓋現實、蒙蔽矛盾、掩蓋矛盾，結果還是愚民政策。……

「現在我們自己批評自己的，比我以前所能看到的要厲害得多。多種現象、問題、看法都在說，有些作品題目本身就隱藏著一些雷聲，或者爆炸性的東西，都在發出聲音來。持久的沉默會帶來文化上的沙漠，是忍耐不下的。」

他一字一字地唸出前兩天「開玩笑寫下」的幾句詩：

沉默是危險的。

上：一九七九年，艾青與子女們合影。左一應該就是艾未未。
下：一九七九年，李黎初見艾青時的合影。

石油像水，炸藥像泥土
這兩種東西都是沉默的
都在等待著一點火星。

我立即掏出筆來記，怕錄音不清楚。他笑道：「這樣的話用不著記，記了好像我要到美國去爆炸似的。——長期的沉默必然換來爆發。現在演出的戲數目相當多，小說也多，一百多種（文藝）刊物，每種登上一兩篇好的，每個月也有幾百篇了。」

我想起他詩中對火，對「取火」的意象：

讓我們每個都做了帕羅美修斯
從天上取了火逃向人間
讓我們的火把的烈焰
把黑夜搖坍下來

把高高的黑夜搖坍下來
把黑夜一塊一塊地搖坍下來

——〈火把〉（一九四〇）

五

生不用封萬戶侯／但願一識韓荊州。

你們真是何等看重情操，當你們去追索那些可能給你們的生命以最崇高的喜悅的事物時，你們是從來也不會想起那事物本身的價值的。

——《詩論》（一九三八—一九三九）

我問到他一件傳說紛紜的歷史事實：毛澤東在延安文藝座談會之前曾找艾青談過話，聽他的意見，然後才召開會議，發表了「講話」。這段歷史的前前後後究竟是怎樣的？他說：

「我簡單介紹一下情況。一九四二年文藝上出現一些作品。有些領導同志看了不滿意。毛主席給我來一封信——是不是也給別人我不知道——：『艾青同志：有事商量，如你有暇，敬祈惠臨一敘。此致敬禮。毛澤東。』

「去了之後，他說現在有些文章有些人有意見，說有些文章像日本飛機上撒下來的，有些文章應該登在《良心話》上的（註：《良心話》是當時國民黨『反共抗俄』的刊物）。他提得很高。他說你看怎麼辦，我說你出來講講話。他說：『我講話有人聽嗎？』我說至少我要聽的。

「後來他又來一信：『前日所談有關文藝方針諸問題，請你代我收集反面的意見，如有所得，希隨時賜知為盼。此致敬禮。』」

我插嘴問：「你本身也是代表『反面意見』的嗎？」

「我不理解。」他說，「我這人不大愛去收集什麼東西，我也沒有能力探訪出來哪些是正面哪些是反面意見。我只寫了一篇我自己的意見：〈我對目前文藝工作的意見〉。毛主席來第三封信：

「『來信並大作讀悉。深願一談。因河水大，故派馬來接。如何乞酌。此致敬禮。』

「我去了。他把我寫的意見給政治局傳閱了之後，把意見集中來說。我根據他聽來的意見，把我能接受的加以修改。他提的也是歌頌與暴露的問題。」

我追問：「您那篇文章裡的意見是什麼呢？」

「我忘了。這篇文章後來發表了。基本上是說文藝界有宗派主義、有教條主義；沒有談很多歌頌與暴露的問題。暴露與歌頌本來是一個事物的兩面。後來就開會了。

「一九四二年，寫《開不敗的花朵》的馬加寫了一篇〈間隔〉，講一個大學生和一個軍事幹部結婚、兩人生活意趣不一的事，有人看了有意見，有人找我講話，我就寫了〈了解作家、尊重作家〉這篇文章。開座談會的時候，我引用了李白的詩句『生不用封萬戶侯，但願一識韓荊州』。朱德說：『我們的韓荊州是工農兵。』這就是工農兵的方向、為人民服務的方向。所以我也並不隱瞞自己的觀點。」

我追問：「朱德的引申是您自己的意見嗎？您本來心目中的『韓荊州』是誰？」

「作家就是要求被人理解。朱德的意思是只要工農兵理解。」

「座談會之後您有沒有受批評？」

「沒有。可是後來有人批判我的時候就拿這出來。五七年以後，一般群眾不理解為什麼要搞我，把我戴上右派帽子。」

「五七年為什麼要把您打成右派呢？」我問這一直存在心裡的問題。

「其實我後來並沒寫什麼。……真正的原因，是傳統的宗派主義。」

「是『文人相輕』造成宗派和政治勢力嗎？派系是怎樣分的呢？是文學理論的分歧，還是政治地盤？」

「我沒有結夥成幫，但我有一個簡單的想法：我比較信任魯迅。我的詩都願意發表在魯迅發表過的刊物上。別的不談，我同魯迅並不熟，只見過一面。文壇上與魯迅對立的人相當多。」

「當時一些有關魯迅的爭論，至今仍是懸案，像『國防文學』……」

「這個問題，中央說寫出東西來以後就可以了解了。實事求是作結論，誰也不能百分之百的正確嘛。不要追誰絕對對，誰絕對不對——一百年也吵不完。在這懸案上，我基本上採旁觀者的態度。它不解決，並不影響我創作。歷史要竄改的可能性不大——雖然歷史總是不斷有人在修正。」

六

我們愛這日子
不是因為我們
　　看不見自己的苦難
不是因為我們
　　看不見飢餓與死亡
我們愛這日子
是因為這日子給我們

帶來了燦爛的明天的
最可信的音訊。

——〈向太陽〉（一九三八）

讀他復出後的新作，包括那首熱情洋溢的長詩〈光的讚歌〉；我問他：多年的挫折之後卻仍抱有這樣一種熱情與信念，這種信心和力量是怎麼來的？

「信心都是從人民來的。」他簡單地答。

我不滿意，說「太抽象了」。

「這麼說是因為概括性強嘛。這麼多年的鬥爭歷史證明：還是沿著比較正確的方向在前進，否則早就絕滅了。被劃為右派的有幾十萬人，文革時打下去的可能數目更多。是人民蘊藏著巨大的力量——這個力量也跟某些正確的政策可以執行有關——才解決了『四人幫』問題。當然，人間的歷史有時有很多偶然性，但所有的偶然性又埋藏在大的必然性裡。為什麼呢？七六年的事安排得好像戲劇，一幕一幕，少哪一幕都不行。最後是人民的大勝利。有人說，假如『四人幫』又回來怎麼辦？那就到山上打游擊去嘛。……那時我已回北京。『四人幫』可能把我忘了。我保持沉默，很少人來找我。誰也不會講『四人幫』的好話。『四人幫』十月六號完的，十月八號有朋友來我家，在我桌上拿一張紙條寫上『王張江姚隔離審查』就趕快燒掉了。雖然那時還不適宜公開講，但至少他信我我信他。大家奔走相告。」

「在像從前那段不正常的政治氣候下，人也容易變節。這點責任該歸政府負。」我說。

「政府的權力也旁落了。『全面專政』，煽動群眾鬥群眾。」

「這個，是不是反右的時候就開始了？」

「最近有位法國作家問我：『「四人幫」統治中國不過十年，你五八年就被劃成右派，不能說是「四人幫」害你的吧？』我說五八年姚文元就批判我啦。所以後來亂打棍子亂戴帽子，二十年前就已經開始『演習』了。一派相承。康生時代便是如此——現在提康生用代名詞『那個理論家』，誰都知道。」

「你對可以預見的將來的文藝界有什麼看法？」

「會比解放以來的任何時候都繁榮——當然不一定能同唐朝比，性質不一樣。全唐詩有三萬多首，中國現在不定有那麼多詩人，但比解放以來任何時候卻都多得多。」

「您很樂觀，」我說：「但您可以預見的阻力是什麼？」

「阻力還是會有的。寫幾篇東西，有人就說『傷痕』、『感傷』。有些不是明的針對我，也是暗的針對我。比方有人寫信給《詩刊》社，造謠說艾青已給趕出北京了——我剛好到維也納去了。只要有人存在，都會有謠言的。」

時間不早，他們出門赴一個餐會。他說：談不完就再來。我便與他約定再談，並且打趣道：「答應了，可別後悔喲！」

他頗有「性格」地斬釘截鐵道：

「我從來不後悔。我不輕易許諾，輕諾必寡信。許諾了，就不後悔。」

七

他們來自北國荒涼的原野，
他們跨越過風與塵土統治之國，
他們在堅忍裡消磨年月……

——〈駱駝〉

第二次踏進那幢四合院，希望能見到他的妻子，一個跟著度過這些年顛沛流離的歲月的伴侶。但她還在新疆辦戶口的事，還沒回來（註）。想到他和她，就想到前面這些詩句……

那天正好出他的《艾青詩選》的出版社捎來了二十本給他。這像是一本「劫後餘生」的書。封面是他那學美術的兒子畫的，像是荒原裡的大森林。縱是荒原也好森林也好，明媚的江南或者悲哀的北國都好，他早已寫下這樣的愛的宣言：

為什麼我的眼裡常含淚水？
因為我對這土地愛得深沉……

——〈我愛這土地〉（一九三八）

他留我吃中飯。我便不客氣地留下來，「參觀」了他那分據在兩幢四合院的五間房，和遠在另一條胡同（約一百米外）的公用廁所。午飯是他女兒燒的，很簡單的菜——我這個不速之客完全使她措手不及——幾乎全是蔬菜，偶爾出現一些碎肉。她烹調得十分可口。他顯得很滿意，照例要喝一小杯「蛤蚧大補酒」。我抱著痛下犧牲的決心也陪喝了一杯（那酒瓶標籤上畫的是幾隻形狀可怖的爬蟲類），居然也別有風味。

我坐他對面，與他的女兒一起，看他靜靜地、怡然地吃著這頓簡單的午飯。一時之間，我面前這人背後的風雲、塵埃與悲歡都靜靜地沉下去了。但他仍然一點也不顯得疲倦或蒼老——事實上，我那時想，他也許從來也沒有疲倦或蒼老過。

它的臉上和身上
像刀砍過的一樣

但它依然站在那裡
含著微笑，看著海洋……

——〈礁石〉（一九五四）

（一九八〇年春追記於美國加州，九月發表於《七十年代》）

註：多年後我才知道，他的妻子高瑛是去新疆為兒子辦戶口遷回北京的事。他們的兒子就是藝術家艾未未。

簡介

艾青

（一九一〇——一九九六）

原名蔣正涵，號海澄，浙江金華人，著名現代詩人，是中國新詩史上指標人物之一。一九二九到三二年間留學法國。回到上海之後因反對國民黨統治而入獄，在獄中填寫姓名時，出於對蔣介石的仇恨，在「蔣」的草字頭下面打了個「×」成為「艾」字，又將「海澄」化為「青」字，自此用「艾青」為筆名。一九三五年出獄，四處流亡。一九三七年三月，《天下日報》創刊，總編輯鍾鼎文邀請艾青擔任副刊主編。一九四四年加入中國共產黨。一九四九年後担任《人民文學》副主編、全國文聯委員等職。一九五七年被打為右派，一九七九年獲得平反。代表作有《大堰河——我的母親》、《雪落在中國的土地上》、《我愛這土地》等。

錢鍾書 楊絳

一九八〇年耶誕節那天，到北京三里河南沙溝錢府，登門拜見錢鍾書、楊絳二位，聆聽錢先生的如珠妙語和楊先生極有默契的應答，愉快之極。卻是由於「一封遲到多年的信」，以至於那就是我見到錢先生僅有的一次。之後再去過三次，還是那間屋子，家具陳設也沒有太大的改動，卻是祇有楊絳一個人了。三十年過去，那江南才女還是那樣靈秀，輕盈，俏皮。而在她嬌小輕靈的身體裡面，深藏的是何等堅韌、沉穩又開闊的心靈。

一九八〇年，李黎初見錢鍾書、楊絳時合影於錢楊北京住處。

一封「遲到」多年的信

去年（一九九二）九月到北京，循例拜見我敬愛的出版界前輩范用先生。范老是位極親切週到的長者，每次見面，總會給我一些書冊簡報之類的文學資料，這次自然也不例外。收下他一牛皮信封袋，見裡面夾有一張陳舊泛黃的信箋，當時忙著與他歡敘，未多在意。待回到旅館取出一看，可真感到意外極了——那竟是錢鍾書先生在一九八一年五月寫給我、而我從未收到的一封信！

一封信「遲到」了十一、二年，背後總會有個小小的故事。就從我去晉見錢老那次說起吧：

一九八〇年冬天，我從美國去到北京，經由錢氏伉儷的好友范用先生介紹引見，有幸上錢府登門拜訪了鍾書先生和楊絳女士。當時對錢府的方位地址皆無觀念，只記得是在一幢頗新的公寓樓房裡；後來推想，當是三里河南沙溝的專家樓了。那天是十二月廿五號星期四——那時的北京當然沒有人過耶誕節，就是一個平常的冬天上午，陽光很好。范用先生有事未能同行，便由他手下的《讀書》雜誌編輯董秀玉女士陪我去，因她與錢氏伉儷亦熟。

進門之前我有點緊張，想到要見的是當今中國第一博學才子，不知該說些什麼才好。待見面之後，立即不感拘束了，因為兩位長者都十分風趣，笑語晏晏；四個人聊得非常愉快。可惜錢老許多如珠妙語我已不全記得，因為他表示不希望我記筆記。現在事隔十二年追憶，他倆的笑貌還比話語更清晰鮮明。錢老看起來非常年輕，多年後讀到楊絳女士的文章提及有人說他「翩翩」，不禁暗暗點頭。楊老真是人如其文；靈、秀，在雲淡風輕的諧趣之下，有潛沉的洞澈與寬容。面對他們，我直在心中讚歎：好一對神仙眷侶！

那時距「十年動亂」的結束還未遠，在中國大陸逢人都不免談及一些令人慨歎的話題，在錢府亦不例外。然而兩位先生給我印象特別深刻的，是當時在其他學者身上尚為少見的一份率真與雍容，結合著他倆默契良好、此起彼落的博聞廣記旁徵博引的評語，和時不時閃現的一針見血的幽默；那樣獨特卓爾的風範，令人折服而且難忘。

談《圍城》自然也是免不了的——雖然錢鍾書先生對作家提舊作頗表不以為然，甚至對之還有個生動的妙喻，但我這個「圍城迷」堅持要談，禮貌的主人也只好奉陪了。（幾年後讀到楊絳女士在《記錢鍾書與《圍城》》一書的前言裡，述及錢老如何給「圍城迷」們釘子碰，我直暗呼僥倖。）因而便談到「對號入座」——對小說人物的附會；楊老笑道：「人家說他是方鴻漸，我是孫柔嘉。」我脫口而出：「我猜您一定是唐曉芙的模特兒！」說了才想到自己不也是在對號入座嗎？還好二位並未見怪，只是笑而不答。錢老送我一本新版《圍城》（人民文學出版社，一九八〇），鄭重地用毛筆題款、蓋章；簽名式是他別致的將「錢鍾書」三字合而為一的寫法。我也呈上一本剛在北京出的小說集《西江月》。後來大家照了些相，我和董女士才告辭。

回到美國後，寫了一封信向他們致意道謝，並附上照片。記得其中一張我與他倆的合照，錢老的右手輕輕搭在楊老的左手上，非常可愛，我在信裡好像還特別提到。由於沒有地址，我請了范老或董女士（記不清是哪一位了）代轉。之後一直未獲回音，我雖有些失望，倒也並不感到意外——以錢、楊二位聲望之尊崇、治學之忙碌，實在不可能每信必覆，何況我的信裡又沒有什麼非答覆不可的問題。能夠與他們度過一個安詳愉快的冬日上午，對我已經是極為珍貴難得的記憶了。

其後幾度再去北京，便不曾求見，因知二位雅不喜外人驚擾；何況一年年過去，我想老人家說不定早已記不得我這只見過一面的後輩了。但我一直關注他們的情況，在海外也常能讀到有關的報導和他們的作品，知道「國寶級」的學者依然健朗，是最感安慰的事；同時回想著那次見面，就覺得分外親切。

怎料得到：許多年之後，竟會忽然收到他們的舊信！范用先生抱歉地解釋：當時他受託要將信轉給我，因覺錢老的手書很寶貴，便先好好「珍藏」起來，沒想到一收起來竟忘了，直到不久之前才偶然發現。這封信是鍾書先生用毛筆在一張典雅的日製舊式八行箋上寫下的，楊絳先生加了一句註文並簽了名。沒有年份，推算是一九八一。全文如下：

李黎女士：

秀玉女士轉來　尊函及照片，感喜之至。你這次親臨動物的棲息地，在它們的自然環境裡，觀察了他們的習性，得出了暫時的結論。這是西歐老派博物學者身「入虎穴」的方法，新派美國研究者就把動物拉進實驗室裡去搬弄了。（楊絳註：只要不是解剖就行！）不管方法是新是老，希望結論使你滿意，那兩隻動物對它是很滿意的——Even the Devil himself would be pleased if he was told that he is not as black as he has been painted or fancied to be!（註1）我們最近又有機會訪美，但因懶出遠門，只好等大駕明歲返國快晤罷。

專此復謝，即請

著安

錢鍾書　楊絳　同上　五月二十日

在旅館裡讀這封十一、二年前的信，不禁感慨系之。當時就很想立刻將這樁小小的（卻又

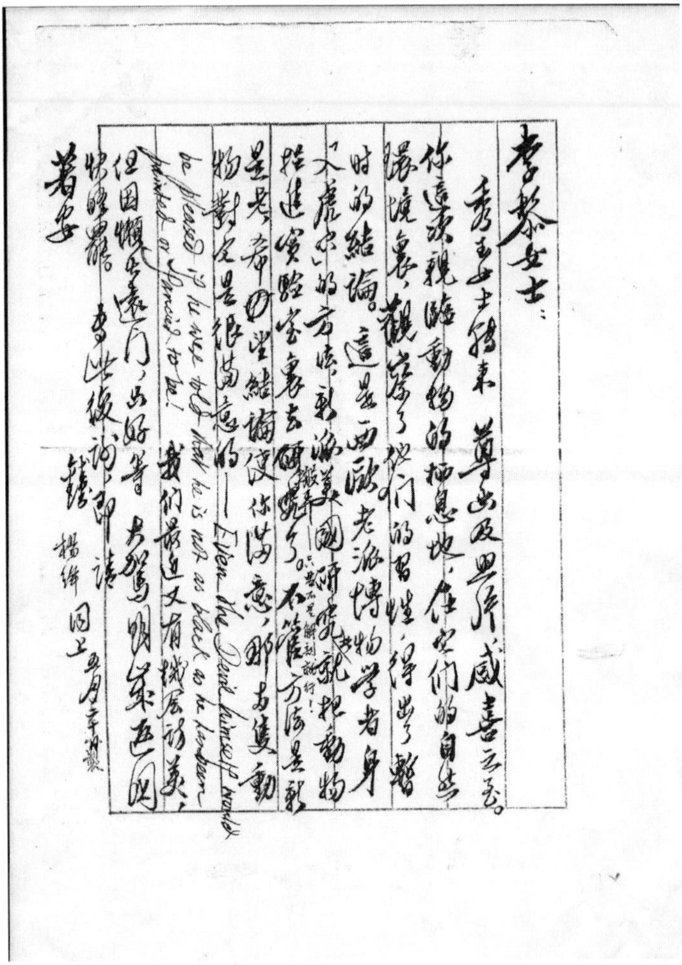
李黎女士：

秀玉女士轉來 尊函及照片，感喜之至。你這次親臨動物的棲息地，在牠們的自然環境裏，觀察了牠們的習性，得出了整體的結論。這是西歐老派博物学者身入虎穴的方法，新派美國研究者就把動物捉進實驗室裏去搬弄了（只要不是解剖就行！）。不管方法是新是老，希望結論使你滿意，那高貴動物對象是很滿意的—— Even the Devil himself would be pleased if he were told that he is not as black as he has been painted or fancied, n'est-ce pas!

我們最近又有機會訪美，但因懶出遠門，只好等大駕明年來此回快晤面聆。草此復，謝謝，即請

著安

錢鍾書 楊絳同上 五月二十八晨

是年歲久遠的）誤會告知這兩位可愛的老人家：可是離京在即，實在沒有時間安排求見了。回到美國後，我即寫一信陳述此事始末，並附上舊信的影印，問他們是否還記得。順便也寄上一篇我四年前寫的小文〈給方鴻漸博士的一封信〉。（可巧又是「信」！）九月三十日發出，十二天後便收到兩位先生的回信了：

李黎女士：

奉來函，驚喜悵恨，一時交集。追憶當年，董女士面致惠賜照片及書信，愚夫婦因問覆信報謝事；董言，信交渠即可，因書店即日有人赴港逕寄美，較為迅捷。董女士美意欲為我們省掉八毛郵資（當時國外航外郵資），誰知道耽誤了足足十二年，害你不愉快，造成小小的tragi-comedy of errors。（註2）這封信怎會在那位「珍藏家」手裡？curioser & curioser!（註3）

愚夫婦對您的作品和人品，都非常欣賞。Deo volente or rather diabolo non obstante, in short, if health permits,（註4）下次大駕回國時，可以快晤。

七年來，衰病相因，愚夫婦皆遵醫誡，杜門謝客謝事，只恨來信太多，亦多懶慢不復。急寫信給你，恕草草。大文（註5）早有人寄示，感愧而已！

即叩

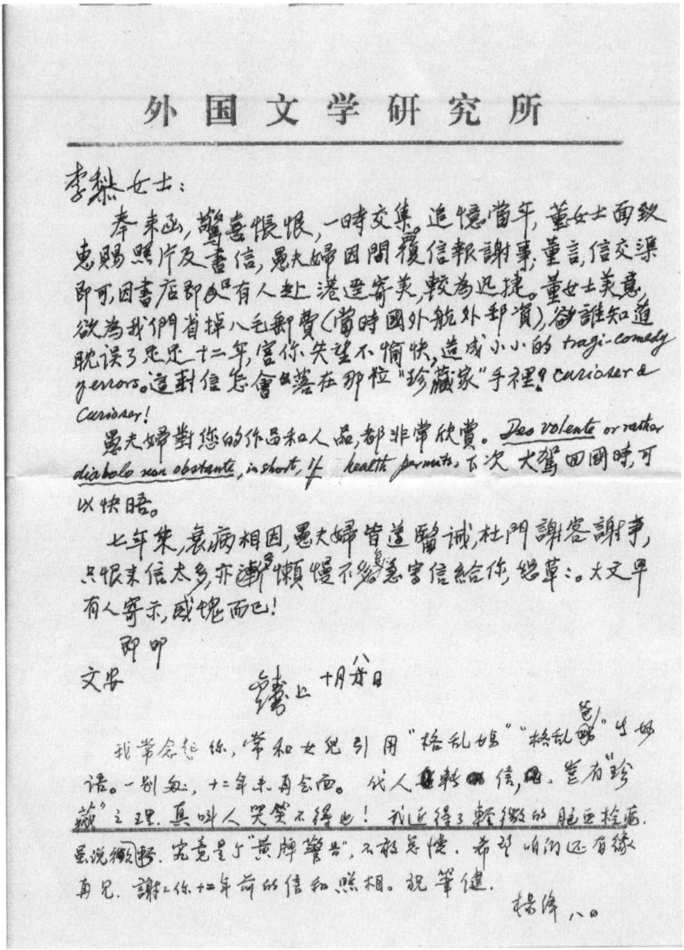

外国文学研究所

李黎女士：

奉來函，驚喜悵恨，一時交集。追憶當年，董女士面致惠賜照片及書信，愚夫婦因聞複信報謝事，董言，信交渠即可，因書店即日有人赴港，遞寄美，較為迅捷。董女士美意，欲為我們省掉八毛郵費（當時國外航空郵資），誰知道耽误了足足十二年，害你失望不愉快，造成小小的 tragi-comedy of errors。這封信怎會落在那位"珍藏家"手裡？curiouser and curiouser!

愚夫婦對您的作品和人品，都非常欣賞。Deo volente or rather diabolo non obstante, in short, if health permits，下次大駕回國時，可以快晤。

七年來，衰病相困，愚夫婦皆遵醫誡，杜門謝客謝事，只恨來信太多，亦漸疏懶慢，不能急寫信給你，總草草。大文早有人寄示，感愧而已！

即叩

文安

鍾書上 十月八日

我常念起你，常和女儿引用"格乱娘""格乱爸"生妙语。一别匆匆，十二年未再会面。代人转信，岂有"珍藏"之理，真叫人哭笑不得也！我近得了轻微的脑血栓病，虽说轻微，究竟是个"黄牌警告"，不敢怠慢。希望咱们还有缘再见。谢谢你十二年前的信和照相。祝笔健。

杨绛 八日

文安

錢鍾書上　十月八日

我常念起你，常和女兒引用「格亂媽」「格亂爸」等妙語。（註6）一別匆匆，十二年未再會面。代人轉信，豈有「珍藏」之理，真叫人哭笑不得也！我近得了輕微的腦血栓病，雖說輕微，究竟是個「黃牌警告」，不敢怠慢。希望咱們還有緣再見，謝謝你十二年前信和照片。祝筆健。

楊絳　八日

這麼快接到回信，當然是十分驚喜。然而隨即感到一分悵惘無奈。誠如鍾書先生言：這是一齣小小的誤會造成的悲喜劇；有點像造化弄人，不是任何人的過錯——在當時（八〇年代初期）的中國大陸，直接與國外通郵還不大普遍，一般仍習慣託便人轉交。董女士熱心代收下信，范用先生更是出於一片好意才將信收藏妥當，以致迷失在他書房的浩瀚紙海中。這一串事只是不巧，何況一封答謝信函原沒什麼大不了，也不曾對誰造成實質上的損失……

然而我忍不住要想：如果那時收到了那封信，大概每次上京都會興匆匆地約了范用先生一道去拜訪他們；二老或許謝絕見客，但也極可能大家又再「快晤」，留下更愉快美好的回憶。可是十幾年時間就這麼過去了，時間對每一個人同樣的無情；我再也不是那個剛出了第一本小說、樂觀好奇又膽大的年輕人。兩位先生也不可能仍像當年那麼健朗好客；即或再見面，許多情景與心境已不復如舊……我錯過的豈只是一封覆信而已；我錯過的是一段歲月、一些不會再發生的「可能」，人生旅途中擦肩而過的一些美好的事情——生命中大大小小不同形式的失落之一罷。這一樁小小的「悲喜劇」，不也有些像《圍城》最後那幾句令人低迴不已的話：「無意中包涵對人生的諷刺和感傷，深於一切語言，一切啼笑。」

註：

1 如果魔鬼聽到人家說，他不是議論裡或想像中那麼壞，則連他也會高興。
2 一些誤會引起的悲喜劇。
3 真是越來越奇怪。
4 上帝願意或魔鬼不阻擋——簡言之，如果健康允許。
5 指我附上的〈給方鴻漸博士的一封信〉。
6 我的一篇小說裡，講洋文的孫子稱呼奶奶爺爺 grandma、grandpa，聽在不懂洋文的祖父耳中便成此「妙語」。

（原載一九九三．四《聯合文學》一〇二期）

給方鴻漸博士的一封信

方博士：

首先鄭重聲明：稱您博士絕無嘲諷之意，雖然錢鍾書先生在《圍城》（註1）中將您這博士學位的來龍去脈不大客氣地抖了出來，但這年頭——無論是您的三十年代還是我的八十年代——逢人便自動替他加級減歲總是不會錯的。

寫這封信給您本無打擾之意；我知道您自從被三閭大學解聘，回到上海甚不得意，與尊夫人孫柔嘉女士亦不和睦；內憂外患，加上國事蜩螗，不會有心情歡迎陌生人的來信。可是近年來我們這兒很流行寫公開信，給活人給死人給子虛烏有人都行，為政治為愛情為出胸中怨氣皆有。編輯先生催索一封寫給書中人的公開信，我一不願給古人二不願給洋人寫信，想到您閣下時空都不太遙遠，音容宛在，便決定寫這封信向您請教對一些事情的看法。

我膽敢冒昧提筆，當然是假定您還健在——您若活到今天，算算也是八十出頭的高齡了，好在您有幸生為中國人，無論身在海峽的哪一岸（這點大家都不得而知，恐怕連錢先生本人

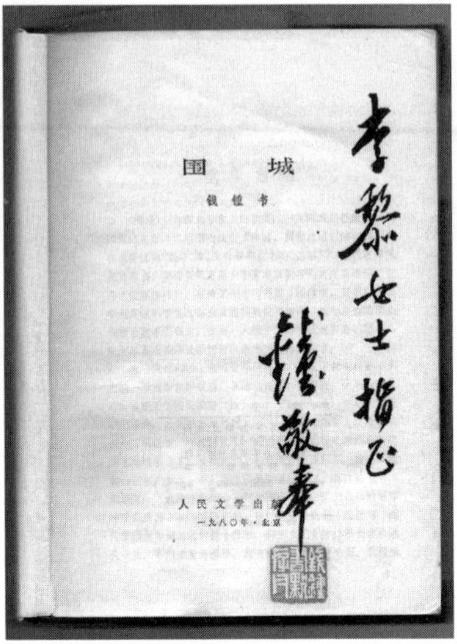

也弄不清），都還是「大有為」的年紀，很可以應讀者之邀發表高見；就算您已因內外交困而英年早夭（對不起），我們也可以文學筆法起您於地下。總而言之：當您環顧週遭，是否生起過似曾相識之感？想當年您很贊同蘇小姐引法國諺語「婚姻如圍城」的說法——她是說者無心您是聽者有意；蘇小姐掉書袋時完全沒有個人感情，很像張愛玲形容孟煙鸝的話（註2），難怪您始終無法喜歡她——很不幸地，結果您不論身在城裡城外，都始終糊里糊塗繼而沾沾自喜終以鼻青臉腫。半個世紀過去了，如果您重回三十之身再度涉足情場，當今世界好像也沒什麼改進，您多半還是落得個鼻青臉腫。不知是這《圍城》理論乃古今中外顛撲不破之定理，還是像您這樣的人物注定如此悲劇下場？更糟的是您的悲劇看在我這種沒心肝的讀者眼中還是喜劇，可見喜劇悲劇往往是某種人生現象的兩面寫法罷了。

另外想請教的一點，便是書中半個世紀前的儒林群像，您老今天放眼一望，是否感慨更深了？還是五十年磨下來，您早已見怪不怪，甚至練就一身好功夫，比起褚慎明、曹元朗、高松年、韓學愈、汪處厚等等這幫人更高明了？說實在的，您是個具有那麼多種可能性的人，鍾書先生早在書中這樣寫您自己看自己：「有幾個死掉的自己埋葬在記憶裡，立碑志墓，偶一憑弔……有幾個自己，彷彿是路斃的，不去收拾，讓它們爛掉化掉，給鳥獸吃掉……」大概正因為您是個具有這樣多的可能性的角色，《圍城》中的您沒有個明白的下場結局；錢先生在書尾只以您家中一座走慢的老鐘作象徵，寫下這段令人低迴不已的話：「這個時間落伍的計時機無意中包涵對人生的諷刺和感傷，深於一切語言、一切啼笑。」闔上書的那一刻，才開始為您感到餘音般的淡淡悲哀。

其實人們真有興味的對象人物並不是您，而該是您的文學「父親」，您的創造者錢鍾書先生，當今中國公認的第一號博學才子。錢先生學貫中外古今，青年時偶然的遊戲之作「頭生」了您（註3），您因他而永垂不朽，令人羨慕。鍾書先生皓首窮經的鉅作《管錐編》、《談藝錄》能讀通的人不多，幸好寫過這本《圍城》，才讓像我這樣沒有學問的人也能從另一層面領略錢先生的才情。然而錢夫人楊絳女士在她的小書《記錢鍾書與《圍城》》（註4）的「前言」中提到錢先生有一回對一位英國「圍城迷」說：「假如你吃了個雞蛋覺得不錯，何必認識那下蛋的母雞呢？」顯然錢先生不喜歡崇拜者因崇拜而騷擾他。幸好八年前我尚未讀到這些話，因糊塗而膽大地上門拜見錢氏夫婦——自覺的勇敢與不自覺的勇敢其實是兩回事，不幸人們常未能分辨，以致世上平白多了許多勇者——見到這對神仙眷侶時高興忘形，竟然甘冒「對號入座」的大不韙對楊絳先生說：「您一定是唐曉芙的模特兒！」

方博士，我只能對您重複趙辛楣的話「好眼力！好眼力！」，並且深深明白您注定作為悲劇角色的命運了。

祝　永垂不朽

註：

1 錢鍾書先生的《圍城》一九四七年在上海初版；我十多年前初讀的是在美國買到的香港盜印本，印刷粗劣錯字甚多；記得封面圖畫是一名穿博士袍的人，頭頂上空飄著文憑和方帽子。現有的珍藏本是一九八〇年北京「人民文學出版社」重印的版本，扉頁有錢先生持贈時親題的毛筆手跡和印章。台灣如有重印《圍城》版本，煩請編輯先生明示。

2 張愛玲〈紅玫瑰與白玫瑰〉：「她的白把她和周圍的惡劣的東西隔開來了，像病院裡的白屏風，可同時，書本上的東西也給隔開了。」

3 作者與筆下「頭生子」的關係，西西女士在〈鬍子有臉〉一文中闡釋甚明，見洪範文學叢書《鬍子有臉》。

4 湖南人民出版社，一九八六。

（原載一九八八・十二・廿一《中國時報・人間副刊》）

讀錢鍾書《槐聚詩存》

在一九八六年出版的《記錢鍾書與圍城》一書裡，楊絳先生這樣寫道：「我認為《管錐編》、《談藝錄》的作者是個好學深思的鍾書，《槐聚詩存》的作者是個『憂世傷生』的鍾書，《圍城》的作者呢，就是個『痴氣』旺盛的鍾書。」

一直到不久之前，我才讀到三聯書店去年出版的《槐聚詩存》這本詩集。出版界前輩范用先生，為我購得一冊，鄭重請托朋友，萬里迢迢從北京捎來美國，令我欣感莫名。當今中國第一才子錢鍾書先生六十年來二百餘首詩作由楊絳女士親手鈔錄，影印成典雅的線裝冊籍，外加古色古香的函套——這不僅是一本書，這是一件藝術品了！誠如范用先生所稱：「可謂精品中的精品。」

錢先生的詩當然遠遠不只書中所收的二百七十餘首。如他序中所言，這是削棄了「牽率酬應」、「俳諧嘲戲」、「代人捉刀」等篇什之後，與夫人楊絳一同推敲選定出來的「自定詩集」，為的是「卑免俗本傳訛」。所以不但是經過「品質管制」手續的（其實就算錢先生信手塗寫而未被收入的遺珠之作，品質也可能好過許多人的「力作」），而且必然是錢氏夫婦寄以特別感情、對他倆是有特別意義的詩文吧。

范用先生在附信中說，他本欲為我向錢先生求索在書上簽名，未料楊絳先生回電謂，錢先生已經住院五個月了！范先生因車禍也住院四個月，因而不知；楊先生還說，錢先生的詩集，她是在病中抄寫的，有一些抄錯的字，等改正的印本再簽名送我……

看到這些話，再讀錢序中「去年余大病，絳亦積勞成疾，衰弊餘生」這幾句，心頭沉甸甸的難過。一九八〇年聖誕節在北京拜見錢、楊二老的印象仍然清晰，那時的錢先生一頭黑髮，依然「翩翩」（楊絳語），而楊絳女士更是纖雅靈秀，令我忍不住在心底喝采一聲「神仙眷侶！」今日捧閱這本極精極美的詩冊，看著一行行楊先生——八十出頭的老太太，抱病持筆、而猶然工整勁秀又不失從容逸致的字跡，我衷心祝禱二位老人家健康、健康、健康！

楊絳女士說《槐聚詩存》的作者是個「憂世傷生」的錢鍾書，誠然。讀其三十、四十年間的詩，雖是青春壯年時所作，卻是感國憂時，愁思不能自已，如他一九四〇年在題為〈愁〉的一首詩中所言：「我願無愁不作詩。」到了五〇、六〇年代，中年心事，皆託於親友答和的詩句裡。七〇年代之後迄今，則僅得寥寥數首，以〈閱世〉一題作結（壓卷的〈代擬無題

七首〉是應夫人之命代作的），令人低迴不已。

中國第一博學才子六十年來的詩作二百餘首，自是須得細細品讀；上面的簡略分期，只是我收到書後迫不及待「速讀」後的印象而已。然而其中令我停下來細讀的，卻是鍾書先生一九五九年寫給夫人的十首「情詩」——這組詩特別在卷首以錢老手跡印出，可見其「重要性」。

其中第三首，是追憶初見楊絳的印象，形容她的面容是「薔薇新瓣浸醍醐」，猜想她小時洗臉是否「曾取紅花和雪無」。這令我想起《圍城》裡的唐曉芙來，作者形容她的天生的好臉色是「新鮮得使人見了忘掉口渴而又覺得嘴饞，彷彿是好水果。」於是再度印證了我「對號入座」的猜想：楊絳是唐曉芙的模特兒。

第四首，錢老追憶當年結婚出國，年輕的妻子辛苦持家，乃有「從此繙書拈筆外，料量柴米學當家」之句。對照一九三六年在英國時所作的〈贈絳〉：「憂卿煙火熏顏色，欲覓仙人辟穀方」句子，愛妻之情盡在言中。

第五首，錢先生為也是才女的夫人在他盛名籠罩之下抱不平：「偏生怪我耽書癖，忘卻身為女秀才」，很不「大男子主義」，給人好感。而以他倆學養才情的「絕配」，必然不斷引來「趙明誠與李清照」之比擬，不勝其煩，因有「自笑爭名文士習，厭聞清照與明誠」之句（第六首）；其實明誠早逝而清照苦寡，怎及錢氏夫婦神仙眷侶，從少年夫妻做了一甲子之後的老來良伴！

這組詩的最後一首，錢老早已為他們的白首偕老寫出這幅美麗的畫面：「繙書賭茗相隨老，安穩堅牢祝此身」。幾年後雖然歷經劫難（見楊絳的《幹校六記》），到底還是在共同的興趣志業中「相隨老」；如此眷侶，也真夠教人豔羨了！

（原載一九九五・三・十三～十四香港《星島晚報》）

又見楊絳

今年（一九九五）年初，出版界前輩范用先生，鄭重託人從北京帶來美國給我錢鍾書先生的詩集《槐聚詩存》，由楊絳女士親手鈔錄，精緻典雅，令我愛不釋手。惟一遺憾的是范先生未能求得作者和「鈔錄者」的簽名，因為錢先生住院已近半載，而楊先生身體亦不是很好。

五月下旬，我有一趟短暫的北京之行，收拾行李時心念一動，便把《槐聚詩存》放入行囊——抱著萬一有幸得見二老的希望，這本來自北京的詩集又被我帶回了北京。

錢先生依然臥病在醫院，不便打擾。范用先生為我聯繫上楊絳女士，到底是范先生面子大，一向不大見客的楊絳，竟表示歡迎我們過去坐坐，真教我喜出望外。

江南女子

上一次，也是頭一回見到錢楊二位，是一九八〇年耶誕節，匆匆十四年半過去了！那時他們大概剛搬進三里河南沙溝的新樓不久，我還依稀記得客觀的字畫陳設。這次再去，樓房是陳舊多了，但屋裡大致依然，書櫥書桌好像也是同樣方位。

楊絳女士顯得清癯了些，頭髮也比從前花白得多，剪的短短用一條帶齒的細髮箍整齊地抿到耳後。然而她的神態、嗓音，十幾年了一點也沒變——很可能幾十年也一直是這樣的：溫婉、秀雅，帶點嬌怯和不容置疑的慧黠。我提醒自己，面前這位老太太已是八四高齡了，然而她的嬌小和細細綿綿的語音，彷彿一個好聰敏好水靈的江南女子，款款行來道來，而時間——時間已不再具有意義，因為有些東西是可以超越時間的……

她見我萬里迢迢又把《槐聚詩存》帶回來，大概覺得頗夠誠意，便在書桌前坐下，取筆、沾墨，在扉頁題了款，又取出兩方圓章蓋上，是一大一小的「錢鍾書」與「楊絳」。蓋圖章時她還笑笑說：「夫在前，妻在後。」因為是她在說，又因為這對夫與妻是錢鍾書與楊絳這對神仙眷侶，也因為她說時那般的自然雍容、卻又帶些俏皮；不要說是我，我想就算是位激進的女權主義者，也要對這麼可愛的老太太的話回報以微笑吧？

在她的身上，有些時間不可磨滅的東西，然而在她的周圍，這些東西——譬如一種精緻、淡雅、從容的品味，一份人文的卓爾與情操……都在一場大破壞裡逐漸式微、隨風而逝……

才子的妻子

作為中國當今第一博學才子，錢鍾書的名氣太響亮了，因而他的妻子楊絳，不免常要被冠上「錢鍾書夫人」的「頭銜」。或許有人會為這位才女抱不平，甚至好奇「當事人」怎麼想？其實，看得最透徹的大概還是「楊絳先生」錢鍾書，他在贈夫人的十章絕句中就有「偏生怪我耽書癖，忘卻身為女秀才」之句。（見錢鍾書《槐聚詩存》線裝本六十六頁）

楊絳這位「女秀才」，她的讀者們當然是不會忘卻她的，更不會因為她的「頭銜」而忽視她。她曾這樣寫錢鍾書的幾個「文學面貌」：「我認為《管錐編》、《談藝錄》的作者是個好學深思的鍾書，《槐聚詩存》的作者是個『憂世傷生』的鍾書，《圍城》的作者呢，就是個『痴氣』旺盛的鍾書。」同樣的，楊絳也有她的「文字面貌」：翻譯英、法、西班牙文等世界名著（包括大部頭經典《唐吉訶德》）的作者是位嚴謹博學的楊絳；文學理論《春泥集》、《關於小說》的作者是位博覽群籍、見識獨到而又文采斐然的楊絳；劇本和小說的作者是才華洋溢的楊絳；而寫散文、尤其是傳記式文章如《幹校六記》、〈記錢鍾書與《圍城》〉、《將飲茶》、《楊絳雜憶》的作者，是我覺得最可親、最可貴的一代才女楊絳。

在「憶往」的幾集散文裡，有不少篇是楊絳寫別人的，然而也像鏡子般照見她自己：天真

廣	告	回	信
板橋郵局登記證			
板橋廣字第83號			
免	貼	郵	票

舒讀網「碼」上看

235-62

新北市中和區中正路800號13樓之3

印刻文學生活雜誌出版有限公司　收

讀者服務部

姓名：＿＿＿＿＿＿＿＿ 性別：□男　□女

郵遞區號：＿＿＿＿＿＿＿＿

地址：＿＿＿＿＿＿＿＿

電話：（日）＿＿＿＿＿＿＿＿（夜）＿＿＿＿＿＿＿＿

傳真：＿＿＿＿＿＿＿＿

e-mail：＿＿＿＿＿＿＿＿

INK

INK PUBLISHING

讀者服務卡

您買的書是：______________________________

生日：　　年　　月　　日

學歷：□國中　□高中　□大專　□研究所（含以上）

職業：□學生　□軍警公教　□服務業

□工　□商　□大衆傳播

□SOHO族　□學生　□其他 __________

購書方式：□門市 _____ 書店　□網路書店　□親友贈送　□其他 _____

購書原因：□題材吸引　□價格實在　□力挺作者　□設計新穎

□就愛印刻　□其他 __________（可複選）

購買日期：_____年_____月_____日

你從哪裡得知本書：□書店　□報紙　□雜誌　□網路　□親友介紹

□DM傳單　□廣播　□電視　□其他

你對本書的評價：（請填代號　1.非常滿意　2.滿意　3.普通　4.不滿意）

書名_____　內容_____封面設計_____版面設計_____

讀完本書後您覺得：

1.□非常喜歡　2.□喜歡　3.□普通　4.□不喜歡　5.□非常不喜歡

您對於本書建議：

感謝您的惠顧，為了提供更好的服務，請填妥各欄資料，將讀者服務卡直接寄或傳真本社，歡迎加入「印刻文學臉書粉絲專頁」：http://www.facebook.com/YinKeWenXue 和舒讀網（http://www.sudu.cc），我們將隨時提供最新的出版活動等相關訊息與購書優惠。

讀者服務專線：（02）2228-1626　讀者傳真專線：（02）2228-1598

一九九五年，李黎與范用再訪楊絳時合影，
當時錢鍾書正因病入院。

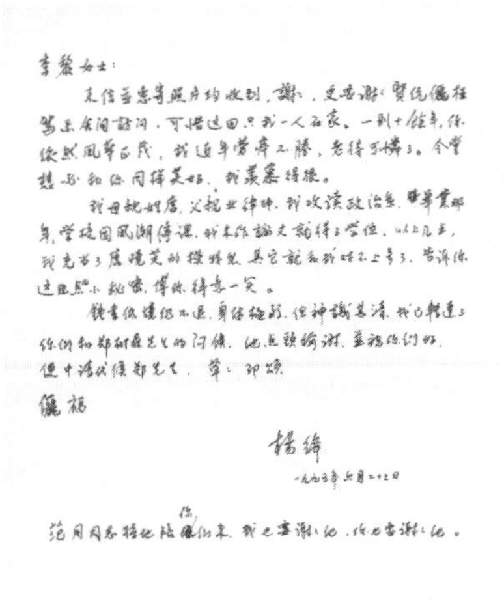

李黎女士：

来信并惠寄照片均收到，谢谢，更要谢谢贤伉俪枉驾来舍间访问，可惜这回只我一人在家。一别十余年，你依然风华正茂，我近年常病不胜，老得不像了。令堂想必和你同样美好，我羡慕得很。

我母姓唐，父亲是律师，我攻读政治系，毕业那年，学校因风潮停课，我未作论文就得了学位，以上几点，我充当了唐晓芙的模特儿，其它就和我对不上号了。告诉你这点点小秘密，博你得意一笑。

锺书低烧仍不退，身体极弱，但神识甚清。我已转达了你们和郑树森先生的问候，他点头称谢，并祝你们好。便中请代候郑先生。草草 即颂

俪福

杨绛

一九九五年六月二十三日

范用同志特地陪你们来，我也要谢谢他，你也要谢谢他。

的小女孩、負笈遠洋的少婦、辛勤持家但絕不失生活情趣的主婦、坎坷年代的中年老知識分子……。無論是記述哪一個年齡哪一種逆遇，始終有一份從容恬淡的氣質悠游其間，形成楊絳散文的獨特風格——那是不能學也學不來的，是一份古典人文（不是「文人」）的氣質，是屬於一種漸漸在式微、在消逝中的文化價值的一部分，像是要挽留亦挽留不住、要培養也再培養不出來的珍品，思之令人悵然。

有時想想，像楊絳這樣的女子，若是生在另一個時代，不必受《幹校六記》那樣的折騰，會不會幸運的多？然而作為中國女性，生得更早可能難以發揮才情，而生得晚些呢，培養出那份古典的精緻的大環境恐怕就難以為繼了。若是生在外國呢？很可能是另一個Jane Austen（總覺得兩人慧黠閃爍的才華真相像）……

但是，楊絳若是生在另一個時空，她就不會遇見錢鍾書了。怎能想像，她嫁的不是錢鍾書而是別人？

所以，也許，她一點也不介意「錢鍾書夫人」這個頭銜的。

《圍城》的小祕密

因為自己寫小說，而最不喜歡被人追問：「某篇裡的某某人寫的是誰？」所以也絕不會對「同行」提出同樣問題。小說就是fiction，純屬虛構也者，一對號入座就殺風景了。可是遇上自己極喜歡的作品，而又有幸識得作者，則不免好奇——好奇他如何摶捏、拆解、融合、點化出那些角色來。無論經過怎樣的「建構」和「解構」過程，角色還是有它的「原型」的。至於這原型如何發展成書中呈現的面貌，就是小說寫作的耐人尋味之處了。

多年前見到錢鍾書和楊絳二位時，心裡高興加上少不更事，把自己的直覺脫口而出：「楊先生一定是唐曉芙的模特兒！」二老雖笑而不答，並無不悅之色，我心裡還是有些自悔孟浪。後來讀到楊絳寫〈記錢鍾書與《圍城》〉為《圍城》的故事與人物作了些注解，她雖自嘲是「像唐吉訶德那樣，揮劍搗毀了木偶戲台」，我這「圍城迷」還是讀來津津有味，一點不感「殺風景」。（可是我注意到她完全沒有提及唐曉芙的「出處」。）

今年初夏我去北京時登門拜見楊先生，回美後寫信向她致意並附上大家的合影照片。過不多久楊先生竟然回信，且依然是娟秀工整的小字，令人欣喜。等讀完第一段的「引文」之後，第二段話讓我眼睛一亮：

> 我母親姓唐，父親業律師，我攻讀政治系，畢業那年，學校因風潮停課，我未作論文就得

了學位。以上幾點，我充當了唐曉芙的模特兒，其他就和我對不上號了。告訴你這點兒小祕密，博你得意一笑。

我在心裡輕輕「啊！」了一聲：事隔十餘年，她還記得我那句「唐」突之言！現在不必我提，她且「和盤托出」，卻又把住限度：「其他的就和我對不上號了」。我當然知道故事情節絕對不須對號，可是那段對唐小姐外貌無懈可擊的形容，我相信還是可以對號的。（但這多餘的話自然不必對楊先生提了——她比誰都更有數。）

而她的幽默感也在這裡了：「告訴你這點兒小祕密，博你得意一笑。」一笑便好，特別點出「得意」，是她早猜得到：我由她親口御言印證了十幾年前的一個「假說」，又從未見諸文字落實的，豈能不十分得意？即使我故作無所謂狀，她也將我看透了。我眼前浮現她的面容，完全可以想像她慧黠而會心的一笑！——慢著，這樣的笑容，我像是在哪裡看過……莫非是在蘇文紈的家中？

（原載一九九五・六・十七～十九香港《星島晚報》）

背影

前幾天收到北京友人寄來的《一寸千思——憶錢鍾書先生》一書，是今年春天出版的，收有一百餘篇追憶錢鍾書的文字，還有十幾頁照片及手跡。最讓我眼光不忍移開的，是封底的一幅黑白照片：兩位老人的背影，並肩走在景象蕭瑟的冬日石板路上——那正是錢鍾書與楊絳。

錢鍾書先生在一九九八年十二月十九日逝世。由於十多年前曾經上門拜見過錢氏夫婦，其後通過幾封信，也再見過楊絳女士；消息傳來時便有人提醒我，是否該寫一篇悼念文字。我當時心中有許多感觸，沉吟再三，還是沒有寫下片紙隻字。想自己並非學者，對錢氏博大精深的學問根本無法窺其堂奧，至於私誼更是稱不上；悼念文章怎麼說也輪不到我來寫。

當年以我既非門生故舊、也非學者名家的一介年輕人，竟然能夠得到「中國第一博學才子」夫婦允見，我卻根本不知有多特殊難得。十九年後回想那個冬日上午，二老溫和又風趣的音容笑貌依然清晰；而自己當時感到的歡喜，也長久縈繞心間。正因為如此，我並沒有把見面經過寫出的念頭，主要是覺得那是一次純屬個人的經驗；一份親切美好的感覺，並不需要公諸於世的。

後來才知道錢鍾書深居簡出，對不喜歡的人不講情面；尤不喜那種見過一面就夸夸大寫其訪問記的人，他譬喻之為《鏡花緣》中的「直腸國民」。想到自己大膽登門求見，說話亦無避忌，二老卻都含笑包容，不免暗叫慚愧。或許是當時《幹校六記》年代的經歷猶新，二老見多了人與人之間的惡濁心機，來自另一個天地的年輕人的天真忱摯，給他們倆留下不一樣的印象吧。總之我珍藏著這段往事，卻並未特意形諸筆墨。

中年經歷變故之後，使我對世事看法有些不同，常思寫下珍視之事，只為著保存記憶，不致漫漶流失。正好九二年偶得錢鍾書一封昔日寫給我、卻被轉交之人無心「珍藏」而「遲到」了十二年的信，過程十分有趣，我便修書徵求二位應允將此事寫出發表，順便記下當年見面的回憶。錢老立即回信同意，「舊函為人收藏逸事，隨妙筆渲染，我無異議。」楊絳也附筆：「我很想讀你的回憶……」我便寫了〈一封「遲到」多年的信〉，下筆之際一邊回想一邊感慨：人生能有多少個十二年可供揮霍蹉跎啊。

九五年春天我才再去北京，把方收到不久的線裝版《槐聚詩存》帶上路，想請錢鍾書用他那筆遒美的毛筆字簽個名；卻聽說錢先生住院已近半年了。我來到十多年前到過的那幢樓，

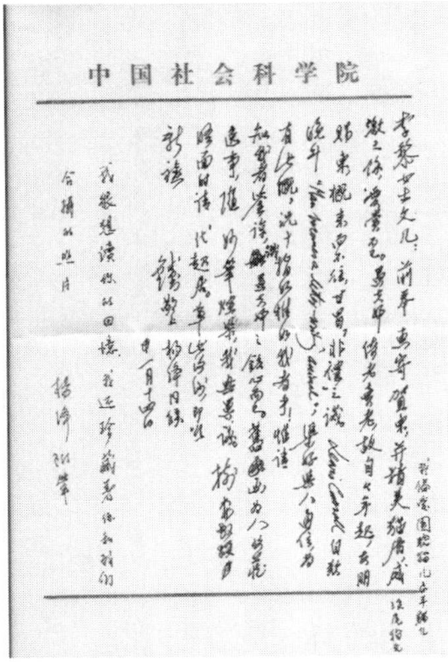

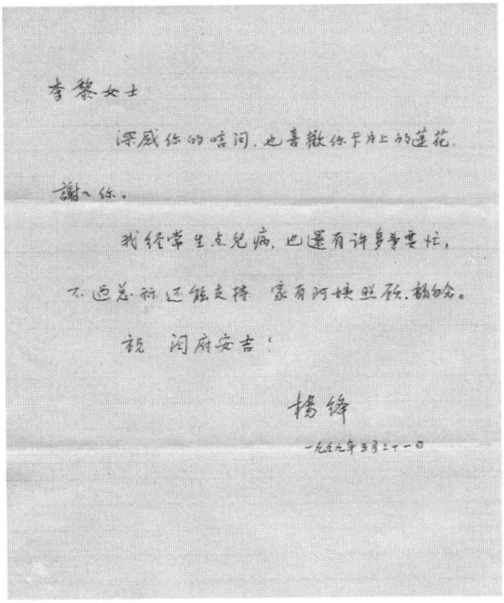
李黎女士

深感你的垂问，也喜欢你卡片上的莲花。谢谢你。

我经常生点儿病，也还有许多事要忙，不过总算还能支持。家有阿姨照顾，请放心。

祝 阖府安吉！

杨绛

一九九九年五月二十一日

屋裡陳設依舊，卻只有楊絳一人在家，代兩人為我在詩集扉頁題款蓋章。當然不便去醫院探望，卻是再也不得見到了。錢先生在那裡一住四年有餘，神志清楚而身不能動口不能言，上天折磨人何至於斯！

後來（九七年春天）又得知更慘痛的消息：二老的獨生愛女「阿圓」（北京師範大學教授錢瑗）患癌症病逝。做母親的獨力承擔噩耗鉅痛，結果還是瞞不過病榻上的父親。此時此情何以堪受，我幾度想提筆寫信終又擱下——真正是詞窮無言以對的時刻。

錢鍾書去世，是大解脫，我選了一張白蓮花的卡片寄去給楊絳，附上的話大致是：「這樣的時刻，連文字也無力了。惟一能安慰的是一個信念：會有那麼一天，我們和最愛的人，將在一個美好的世界裡永遠相聚……」當然不期望回音。然而五個月之後，竟意外地收到楊絳的親筆短信，說謝謝我的唁問，也喜歡卡片上的那朵蓮花。寄弔唁者何其眾多，老人家竟然如此周到——我想，她是真心喜歡那朵白蓮花吧。

那麼多篇懷念錢鍾書的文章，沒有不盛讚他的博學，也鮮有不提到他的澹泊，他的潛心埋首學問、不求聞達。在這「大師」桂冠滿街奉送的年代，真正無愧為大師的先生，卻是「人不知而不慍」——在中國大陸，早年（四九年到八〇年代之前）很少人知道他，而一般人根本就不可能理解甚至想像他的淵博高深。他的老友李慎之的悼文題目是「千秋萬歲名，寂寞身後事」，其實錢鍾書從不求名，也不在乎寂寞。「默存」之名真是名副其實了。

從書中所附的照片看得出，喪禮是簡單至極的，沒有花圈輓聯和任何儀式。楊絳依然嫻雅安詳，默默凝視著結褵六十餘載、卻先她而去的伴侶。錢鍾書躺在一口薄薄的棺柩裡，遵照他生前意願將遺體火化，骨灰「就近拋灑」。無論是一整個時代的文學典範，或者我個人一己的親切回憶，都隨之灑逝，不再屹立如昔。是余英時的話：「他的逝世，象徵了中國古典文化和二十世紀同時終結。」

（原載一九九九年十二月廿日，《中國時報・人間副刊》）

一個人和三個人

二〇〇三年的夏天，我在上海的一家大書店裡，買到架上最後一本楊絳寫的《我們仨》。當時這本書和《往事並不如煙》一樣暢銷，總是供不應求。我知道這是一本悲傷的書，但還是迫不及待地打開；讀著〈我們仨失散了〉那篇，眼淚早已簌簌地流了滿面。

「我們仨」是錢鍾書、楊絳夫婦和女兒錢瑗（小名阿圓），極其親密又緊密的一家三口。他們不僅是天倫至親，而且是學問和知性上的至交；因而格外無法想像：當其中兩人離去，獨存的那一人何堪承受？那便是楊絳——先是丈夫臥病，長年住在醫院，靠她每天細心照顧餵食；接著女兒患脊椎癌，一年後不治病故；隨後丈夫也終於去世……。這樣連串的打擊，對任何人都太慘酷了，何況是一位八十多歲、體力原就衰弱的老人？但她竟堅強地活著、整理他們的遺著、書寫他們的事跡。《我們仨》這本書出來，無論原先知道或不知道他們的人，都被這樣巨大的悲劇——以及楊絳巨大的愛的力量所撼動。

這本書的第一部分，就是寫三個人最後只剩下一個人的過程。該怎樣為這篇文字歸類呢？

世間最艱難的死別，她竟以一場悲傷的萬里長夢來描述，場景是帶著超現實意味的荒涼「古驛道」，她做夢似的一程又一程在道旁河上送走至愛之人；文字淒美、溫柔、慘烈，充滿象徵意味而又歷歷如繪。這是小說還是回憶錄？在這條生離死別的「古驛道」上，眼看著親人慢慢被死亡帶走，她日日惕懼、椎心泣血地挽留，先還有女兒陪伴，後來竟連女兒也走了；春去秋來，身心交瘁，她依然苦苦追隨不捨，直到那艘載著至愛的人的小船空了……

一九九八年歲末得知錢鍾書逝世的消息，我寄去一張繪著白蓮花的慰問卡片；此情此景，世間已再無足以安慰的話語。半年之後收到她的信，說她還能支持，有許多事要忙……。果然，再過沒多久她就寄贈我一本她剛翻譯出的《斐多——柏拉圖對話錄之一》。她真的還在工作哪！我感到了她的生命力，放心了。接著《我們仨》問世，更顯示了這位九十歲老人的驚人意志力——那是愛的力量：不僅是她一個人的，而是三個人的。

同年冬天去北京，我隨著《我們仨》的責任編輯、也是我的北京老友董秀玉女士一道去探望楊絳。這是我第三次去她的家，算算離上回見她竟有八年多了；那時錢鍾書已住進醫院，她也在「古驛道」上奔波了半年，但至少女兒還在。而今就她一個人了。

還是這棟位在北京三里河南沙溝的簡樸的公寓樓房：一九八〇年的耶誕節，我第一次上門拜訪當今中國第一博學才子錢鍾書和夫人楊絳。那時的我年輕不知天高地厚，見到他們覺得很親切，竟然心直口快地想到什麼就說就問，還提出《圍城》來對號入座，斷言唐曉芙的「原型」就是楊絳。其後才聞知他們婉拒訪客是出了名的，直率的錢先生甚至還會不假辭色給人釘子碰；不禁暗叫僥倖！想來二老對女孩子可能有一份愛屋及烏的縱容吧，就像我對小男孩，心裡總是有一塊特別柔軟的地方。那時錢瑗正在英國進修，所以沒見著。後來楊絳說她最喜歡我們那天的合影，因為那張照片裡錢鍾書的右手輕輕搭在她的左手上……。那時的錢鍾書還一頭黑髮，雖然都已年近七十，兩人模樣還好年輕。

那次之後未曾再見錢先生，說起來緣於一樁誤會——錢先生稱之為「小小的悲喜劇」。原來我見過他們之後，回到美國便去信致謝，並寄上大家的合照，可是一直未見回音；心想必是大學者們時間寶貴，便不再打擾他們了。其實他倆回信了，而且非常熱情，邀我下次去北京再聚；卻是託人轉交，而受託之人竟忘了把信給我！更奇的是：十二年後傳信人竟在舊物中發現這封信，方才交到我手中。我告知他們此事，皆以為不可思議。歲月無情催人老，尤其對七八十歲的人，十幾年又是一番滄桑；待我再去北京時，錢鍾書已進了醫院，楊絳為我在錢先生的《槐聚詩存》上代題了字。未能再見

二〇〇三年，李黎三度探訪楊絳時合影，此時錢鍾書和錢瑗均已過世。

到錢先生是極大的遺憾，令我久久無法釋懷。

這回見她風度還是那麼嫻雅，想起我第一次見到她就打從心底喜歡她——歡她的文章也喜歡她的人。她仍然記得這些年來我們交往的一些趣事。她比我母親大一歲，但行動非常輕盈，讓人完全看不出她承擔的痛有多重。她說：妳要是早幾年來，錢鍾書還在，該多好。又抿抿頭髮說：現在我老了，不好看了。我說怎麼會呢，您就跟我母親一樣，永遠是最好看的老太太。她說：妳母親好福氣。我懂她的意思，想告訴她：擁有過最美好的，也是福氣。然而毋須我說，聰慧的她何嘗不了解？她又說了一遍：妳來了，要是錢鍾書在多好。

同一間屋子，相似的家具擺設，卻已物是人非；時間流逝了將近四分之一個世紀，帶走的是永遠無可追挽的歲月與人……一份悵憾無奈之感，令我心潮起伏難以自持。還好這時楊絳指著書架上的貓咪卡片要我看——

她和錢鍾書都是愛貓之人，當年自家的寵貓跟鄰居林徽因的貓打架，錢鍾書還御駕親征拿著竹竿去助陣呢。與他們重新通上信之後幾年，我都在歲末寄贈他們貓咪月曆，她回信時會指出哪幾隻最可愛。前年送她的是張賀卡，三隻抱在一起的小貓，知道她一定會喜歡的，果然放在客廳書架上。當然，書架最高最顯眼的地方，擺放的大照片就是「我們仨」多年前的合照，收在書的扉頁。

楊絳拿出她新版的小說《洗澡》，題款簽名送我；然後又拿出一本《我們仨》，說：這本書不能簽名，因為也是另外兩人寫的……所以只蓋章。三人的圖章，蓋在扉頁照片各自的像下：「錢鍾書」，「楊絳」，「阿圓」——「圓」字是個圈圈，中間一點，像象形文字的太陽。

楊絳說她現在做的是「打掃現場」的工作，我想就是整理記憶吧？記憶是整理不完的，尤其是她一個人承載著三個人的美好記憶；也正是這份承載，支撐著九十多歲的她還在不懈地生活、工作。我想到出生在俄國、定居法國的小說家安德依•馬金尼，以他深愛懷念著的法裔外祖母為主角，寫出一部自傳性小說《法蘭西遺囑》，獲得法國龔固爾文學獎；當他被問及寫《法蘭西遺囑》這本書的動機何在，他的回答深深打動我：

「千百種理由背後其實只有一個真正的理由：把一個人從完全的遺忘裡拯救出來，將他從死亡的陰影中解脫。我們無法忍受深愛的人死去，無法忍受他被遺忘淹沒，只好用書寫重塑他的生命，讓他擺脫死亡。這種神奇的力量，任何醫生、哲學家、魔法師都無法辦到，只有作家能夠。」

深愛的人永遠離去，一個人必須承受的不僅是終極失落的痛楚，還得承擔與遺忘拔河的重任。幸好，楊絳擁有文字這種神奇的力量，讓她和她愛的人，超脫了死亡與遺忘。

（二〇〇五年三月十日於美國加州史丹福）

百年才情——歲寒訪楊絳

二〇〇八年春天，我的母親以九六高齡過世。母親喜歡看書，頭腦始終清晰靈活，只是最後兩三個月已經無法起床了。我把楊絳新出的《走到人生邊上》放在母親床頭，鼓勵她說：「看看人家楊絳，比妳大一歲還能寫書呢！」她卻已無力氣看了。以往母親愛讀楊絳，直誇「這位老太太長我一歲，頭腦這麼清楚！」我在母親家中讀《我們仨》，好幾回淚流滿面，母親見了體貼地不多問，我讀完之後母親也捧起來讀了。

母親去世後我更常想到楊絳。上次見她已是五年前，二〇〇三年底；那時《我們仨》出書不久，女兒錢瑗、丈夫錢鍾書早已先後去世；她已翻譯出《斐多》，航郵寄贈了我一本。她以餘年「打掃現場」——整理錢鍾書先生數量可觀的手稿筆記，「她認為保存手稿，最妥善的方法是出版」，傳記《聽楊絳談往事》裡這麼說。保存對一個人的寶貴記憶，最妥善的方法，不也是通過文字留存嗎？

五年前的那次見面之後，我曾幾度去北京卻都沒有找她，只因不想打擾她的生活。我知道她要做的事還很多，絕非閒坐家中盼望小輩來打發時間的老人家。這回十二月赴京前，朋友從台灣捎來時報版的《聽楊絳談往事》，還沒來得及讀就動身了，去到北京怎樣也壓不下想見她的心念，於是打電話託我的老友、也是她熟識的董秀玉女士代稟來意。董女士一直是楊先生在三聯書店出書的編輯，直到退休為止；將近三十年前我第一次到錢府登門拜訪，就是董秀玉陪我去的。不久就接到董秀玉回電轉告：楊先生說李黎那麼遠回來一趟，明天下午過來吧。真沒想到已閉門謝客的老人家還肯見我，在嚴寒的北京冬日裡，心頭泛起一股暖意。

左起：李黎，楊絳，董秀玉，二〇〇八年十二月

二〇〇八年十二月二十四日，在北京三里河的錢楊寓所又見到了楊絳先生。照中國算法，辛亥革命那年出生的她，已經九十八歲了。

多麼巧啊：第一次見她和錢鍾書先生是也是這個時候——一九八〇年十二月二十五日。那是我第一次、也是唯一的一次見到錢鍾書。第二次去就只見到楊絳一人了：一九九五年暮春，五月杪，老出版家范用先生與我同去拜訪楊絳，帶著錢鍾書新出的詩集、楊絳手抄的《槐聚詩存》想請他倆簽名。去了才知錢先生已住院大半年了，幾時出院遙不可期。楊絳代錢鍾書簽名蓋章，把錢先生的名字寫在她前面，她一邊蓋章一邊淺笑著輕輕說：「夫在前，妻在後」，令我印象深刻極了。

這次我在北京四度訪楊絳，正是錢鍾書逝世十周年之後不久。還是這同一間屋子：他們是一九七七年初搬進這間三樓上的公寓式單元的，三臥房一客室，三十多年了，地上還是沒有鋪地板，依然如傳記裡描述的「素粉牆，水泥地，老傢具」。多年來兩位國寶級的學者維持著簡樸的生活，用今天北京高級知識分子的標準簡直稱得上「清貧」；他們動輒數十萬甚至上百萬的版稅收入，全都捐給清華大學教育基金會的「好讀書獎學金」了。

這些年北京已「建設」得面目全非，可是一進三里河南沙溝的那座小區，時光似乎凝止了：依然是那些一排排低低的樓房，窄窄的石砌小路，道旁扶疏的樹木……不知怎的我一下子就感到安心，雖然還沒見到人。

楊先生總是坐在會客室裡那張大書桌前，見我們進門起身迎接，步履依然輕快。室內佈置如舊：書桌、書櫥、兩張沙發夾一茶几，分別各據三面牆，靠窗的一面擺著兩三把椅子，她客氣地延我們坐沙發，自己坐椅子，我選擇了她旁邊那張椅子貼近她坐。

一進門就注意到會客室裡放著好幾只大花籃，知道是為著錢先生十週年忌日人家送的。上次來，櫃子上放的是「我們仨」的合照，現在換成擺上一幀錢先生、兩幀錢瑗的單人照。書桌上還是一疊疊堆得高高的書籍紙張——她還在勤奮工作哪！

楊絳穿著黑毛衣外罩紅背心，銀白頭髮，一貫的清爽，靈秀，臉上帶著微笑，不疾不徐的細聲說話，時有妙語。就像《聽楊絳談往事》這本傳記書裡說的，從小她就是個愛笑的小女孩；那曾被錢鍾書詩句形容為「薔薇新瓣浸醍醐」的姣好面色依然細緻白皙，歲月的痕跡只是一些淡淡的老人斑。我還注意到她的牙齒依然齊整——想到錢鍾書在《圍城》裡借她的形貌描寫唐曉芙的一口好牙，不由得誇讚，可惜她的聽覺不行了，看我指著牙齒以為在說她的嘴唇，她便說天氣乾燥，塗了點凡士林油。她的嘴唇紅潤得像抹了淡淡的唇膏，一定有不少人提出過「質疑」。

五年前來時她已戴著助聽器，對話很容易；現在幾乎完全聽不見了，戴了助聽器也沒有用。她提到有一年我寄給她的一張三隻貓兒的賀年卡，說不知怎的找不到了，我說回美國那家書店看看還能不能找到同樣的一張；然後我問起上次來時她給我看的「袋子裡的貓咪」玩具，她卻怎麼也聽不清。我不想對她大聲說話，乾脆就由她說，我靜靜聽。

我帶給她一本英文書，全是可愛的貓咪圖像。知道他們一家都愛貓，過去許多年我寄過好些貓咪月曆或者卡片，在書店裡看到有趣的貓咪書也會想到她。這本書買了好一段時日了，不敢奢望能親手送給她；臨行時還不確定到北京要不要求見，更不能期望她肯見，但還是把書放進行囊——幸好帶了，她好喜歡，捧著書仔細地一頁一頁的翻，一隻貓兒也不錯過，有的還作點評。「貓兒要圓臉的好看」，她指著一隻圓臉、黑毛白爪子的貓咪說：「這隻像花花兒，」告訴我花花兒是他們從前養過的貓。我怎麼會不知道花花兒的大名呢，不止一次讀到過的：為了花花兒跟鄰居林徽因的貓咪打架，錢鍾書常常從被窩裡一躍而起，披衣出門拿了竹竿為愛貓助威。

欣賞完了貓咪書，她從書桌上拾起《聽楊絳談往事》來給我看，我以為她會贈我一本，但她說手中僅此一本，用來校對的——果然已經翻得像本舊書了，每隔幾頁就有折角記號，我瞥見書頁裡無數小小的、修改的字跡。她說三聯出書時因怕盜版(我知道，只要是她的書甚至於有關她的書，一定暢銷，所以盜版猖獗)，一版就出了十五萬冊，又因趕印，錯字很多；隨後台北的時報文化版本有機會改，錯字就少多了，圖片也印得比較清晰。

我慢慢翻著書，她坐我旁邊，興致盎然地一張張照片解說給我聽，幾乎每一張都有話說。

我注意到她並沒有戴上眼鏡，所以她其實是不大看得清楚的，但對這些照片她太熟悉了，朦朧圖像也認得出是哪張，其中的故事更是熟極。後來回到美國家中細讀，發現她的解說有的書中有，有的並未提及，即使提到過的，由她講來更為仔細生動。我才感到自己何其幸運，竟聆聽楊絳親口為我一人講述這些故事！

從第一張她一歲時胖嘟嘟的著色照片講起，第二張是媽媽抱著她坐膝上，她帶點抱歉的語氣說：那時媽媽肚裡已經懷著大弟，她還壓在媽媽的肚子上！後來是上海啟明和蘇州振華這兩個女校的少女時代，她談到兩個學校的不同；好笑地看著自己穿著臃腫長棉袍的模樣兒，「看見袍子底下兩個亮亮的點子嗎？那是我的腳呀。」

她特別深情款款指點的照片是清華古月堂的大門，縱使書上有說明她和錢鍾書第一次見面就在這裡，她還是特別加強語氣告訴我：「這就是我和錢鍾書第一次見面的地方！」不多久之後就是兩人的訂婚照，在蘇州楊府全家大合影。她惋惜地嘆道：這張照片沒有拍好，站在最右邊的七妹夫和小弟臉孔模糊了。

另一張特別用心而且愉快講述的，就是女兒從英國寄回來的照片，上面除了錢瑗一個人之外還有一隻鵝。楊先生笑意濃濃地解說女兒在照片背面寫的話——他們「仨」許多對話都有「典故」，只有自己才懂，給外人看時往往要加註解，照片後的短短兩句英文也不例外；從「鵝」goose的「呆鵝」含義，到錢鍾書給女兒起的雅號Pedagogoose「學究呆鵝」，楊先生津津樂道錢家父女之間開的風雅的玩笑，彷彿是昨天的事——其實那已是三十年前了！

看得出她還喜歡的幾張是夫妻倆赴英國留學和在巴黎的日子，在船上拍的合照，牛津的導師、住過的屋子……。還有一九四九年暮春，錢鍾書意外得到一筆美金稿酬，兩口子「闊氣」地玩杭州遊西湖；翻到錢鍾書戲仿「馬二先生」的〈錢大先生遊杭州記〉日記手跡那頁，她絮絮地講述那次難忘的快樂出游。我想那是最後的春天了，後來的歲月接二連三發生了許多逃避不了的苦難，她卻悠悠帶過，只說了高崇熙教授和七妹一家的慘烈悲劇，口吻還是如常。倒是動亂安定之後，他們終於開始過上不再是心驚膽戰的日子，甚至是備受尊崇禮遇的場面，她卻並不多言，只在二老散步的背影那張停頓片刻，用聽得出是欣慰的語氣說：時報出的版本，特別用了這幅放在書後頭。（是淡淡的印在書腰帶上，很美。）

讓我看著最難過的一張是錢先生臥病在床，插著鼻飼管，眼睛卻還炯炯有神地睜著，楊先生說：「這張是我拍的。」這張照片以前從未公佈過。我看著心中不忍，急忙翻到下一張，偏就是楊先生坐在棺木前「依依不捨送鍾書」，那張我已在紀念集《一寸千思》裡看到過了，再看到比較不會太難過。這時董秀玉也坐在一旁，悄悄在我耳邊說：「如果還是我作編輯，就會勸她不要放上錢先生在病床上的那張照片。」我點點頭表示同意，但後來想：對楊絳來說，錢先生臥病四年多，她每天面對心愛的人模樣就是這樣的，睜開的眼睛表示他還能與她溝通，正如《我們仨》裡她寫古驛道上的依依送別，只要他還在面前，就沒有永別啊。

九八高齡的女子，聲音還是那麼細緻好聽，跟外貌一樣，聽起來好年輕。董秀玉又講起楊絳打電話給她母親的趣事：楊先生在電話上禮貌地問董老太太該怎麼稱呼，董母以為是個跟女兒同輩的人，回說：就叫我伯母吧。其實楊絳年紀更大呢，但從此就稱董秀玉的母親為「伯母」了。難怪董老太太在電話裡聽不出楊絳的年紀，其實看模樣也不像近百歲，走動起來輕巧靈活，我暗想：倒是有「花花兒」之風哪。

楊絳笑笑咪咪打量我，誇道：妳還是這個樣兒，一點都沒變！同時也周到地誇董秀玉也不老，說：「妳們啊，就像我們家鄉話說的，年齡都到狗身上去了！」我們回敬她：您也一樣啊，年紀也沒往自己身上去呀！三人相對大笑。她的「家鄉話」有很多用動物打比方的可愛的形容詞，比如說錢鍾書跟著伯父唸書是「老鼠哥哥同年伴兒」；女兒小時穿的皮鞋太硬不好走路，長輩說「像猩猩穿木屐」；父女倆一塊兒玩是「貓鼠共跳踉」；當年她被老校長逼著「打鴨子上架」，擔任母校振華上海分校的校長，她用父親的話說是「狗耕田、牛守夜」……，由她道出格外俏皮生動。

當初讀到她的小說就覺得聰敏慧黠像Jane Austen（楊絳譯為簡・奧斯丁），果然，從傳記裡證實了她早就欣賞奧斯丁，五〇年代在文學所外文組裡就提出過：奧斯丁是西洋文學史不容忽視的大家，可是那時沒人重視她的言論，還反問奧斯丁有什麼好，於是後來她寫了〈有什麼好〉探討奧斯丁小說的好處。我也暗暗覺得她聰慧機靈如金庸筆下的黃蓉，對「書獃子」錢鍾書的一往情深和體貼照顧，也似黃蓉對她的「靖哥哥」。不過這個想法可不敢跟她提。

楊絳提起錢先生總是連名帶姓地說「錢鍾書」。五年前見到我時說了不止一回：錢鍾書要是還在，看到你一定很高興。我想不出自己有什麼長處會讓他倆喜歡，唯一的解釋是：在他們眼中，我可以歸類到「女兒」的一型，產生「移情作用」吧。在他們面前我不是什麼作家或者求學問道的人，我無所求於他們，只是由衷的敬愛，對她更是打自心底的喜歡，尤其她嬌小的個子、整齊地往後梳的銀髮、文雅又帶些俏皮的說話神態，跟我母親很相似，讓我很容易就把眼前的楊絳當成媽媽般的親，這份發自內心的親近她大概感覺得到吧。

記得五年前見她時，我的母親已定居上海一段時日了，我告訴楊絳母親的近況，她點點頭嘆道：「妳媽媽好福氣。」我一時不知怎麼接話。那時書櫃上放著「我們仨」的合影，照片裡那個圓臉蛋乖女兒已先她而去，我太了解孩子先父母而去的創痛是人世至慟，我想說：是我的福份，還有媽媽讓我奉養……。結果還是訥訥的什麼也沒說。

更記得一九九五年她為《槐聚詩存》給我簽名蓋章時說：「夫在先，妻在後」，那時只覺得好玩也有些詫異，想她如此博學又「西化」的人，這方面倒很「舊式」呢。如今讀到《聽楊絳談往事》書中她這段話：

「鍾書病中，我只求比他多活一年。照顧人，男不如女。我盡力保養自己，爭求『夫在先，妻在後』，錯了次序就糟糕了。」

這才恍然大悟，原來她的「先、後」竟是那個意思！她是撐著不能先走，若走在前肯定放心不下。這個遲來的領悟令我心為之震動，久久未能平復。

見她的那天正巧是耶誕夜，楊先生從書桌旁挪出一棵小小的「聖誕樹」，笑盈盈地為我同去的孩子點亮——傳記書〈後記〉裡提到，前些年歲尾楊絳因小恙住院一週，醫護人員對她關懷備至，出院時一位年輕的大夫送她一棵聖誕樹，接上電源，小樹就五彩繽紛的閃爍起來。我的晴兒聽見這位中國老奶奶說話一下冒出一個英語詞彙一下夾帶法語，頗感驚訝，我告訴他說：她還會西班牙文，翻譯過《堂吉訶德》呢！把這個小ABC（美國生的中國人）「震」得只有乖乖坐好、靜靜替我們照相的份。

冬天日短，窗外天色早已暗下來，董秀玉說：楊先生要累了，咱們走吧。我心中不捨也無可奈何。與她握別，她的手不特別柔軟也並不粗糙，九十多年來這隻手成就了多少事，寫出多少字，還服過多少粗重污濁的勞役。光是這隻手就是個奇跡的製造者。

他們寓所的小區還是一樣安靜，外觀雖然陳舊了，老人家還可以在院裡散步，我想像二老並肩散步的模樣，就像那張背影的照片裡那樣，定格了，永不消逝。三十年前這些簡樸的、連電梯都沒有的公寓式小樓房，還被稱為「部長樓」呢，當年的芳鄰們而今即使沒有搬到新建的豪宅，至少也「豪華裝修」了一番，就只有他們家保持原貌，連地板都不鋪。住在三樓，老人家進出還是得一階一階的上上下下；別戶把陽台封起來增大住家面積，但楊先生不要，她要保持三口人都在時的原狀。

而且，在《我們仨》裡，她說過：「三里河的家，已經不復是家，只是我的客棧了。」出了小區，外面就是另一個世界了。我每到她那兒一次，外面的北京城就又是一個面貌，尤其這次奧運剛過，真個是天翻地覆。那晚我們要去國家大劇院觀戲，從三里河到長安街，不算長的距離卻走了一小時不止——根本不是走，而是車子用難以覺察的慢速度在路面上挪移。往常我大概會心煩不耐，但此時我在車裡心平氣和地回想與她相聚的點滴，她的從容優雅可以撫平我的焦躁，甚至生命的焦慮。新建成的國家大劇院富麗堂皇，卻並不給我親切之感，連帶裡面極盡聲光之娛的表演也覺得遙遠疏離；我的心還牽掛在那間沒有鋪地板的小室，他們三口曾經生活在那裡，哪兒也不想去；他們具備的知識和胸襟，給了他們一個豐饒的精神世界，那裡沒有語言、文化、國界甚至時空的拘束隔閡，他們可以遨遊在古今中外的文學花園裡，自在享受自己珍視的喜好，讀書寫字，與世無爭，不求名不求利，不擾人也但求不受干擾……

為了寫這篇文章，我把他倆給我的信取出重讀，整整廿八年的歲月在手中幾張薄薄的信箋紙上涓涓流過，文字猶在，寫下來，就保存住了……。這次見面，丈夫和兒子用數碼相機照了幾段錄像，我請他們放到 YouTube 上，便於告訴朋友們分享，查尋時只要輸入「楊絳李黎」就可以看到——只是楊先生自己大概不會上網的。有位陌生人無意間看到了，通過 YouTube問我：「請問您是楊絳先生的什麼人？」我沉吟半日，回道：「我是楊先生的一個小朋友。」

如果有同樣不知情的人問我：「楊絳是妳的什麼人？」我會毫不遲疑地說：她是我的 role model——雖然我知道，自己有生之年永無可能做到她的完美，她的堅強豁達，但她顯示給我一個人、一個女性的典範：在人生不同階段，面對常人難以想像的苦難時的隱忍從容與堅毅睿智，既會用輕盈典雅的文字寫人世百態的劇本、小說、散文，更能用最優美婉約的文筆，舉重若輕地描述生命中最沉重無奈的傷慟。

我欽羨的遠不僅是她少人能及的才華，更是她的智慧與情操——無論是中年的憂患坎坷，甚至晚年的喪女喪偶，她始終優雅而尊嚴地活著，在生命的最後一程坦然思考「走到人生邊上」的死生大問，為「我們仨」早走的兩位至愛保存記憶、「打掃現場」。年近百齡，她輕盈靈慧如少壯時，內心更是有一個遼闊的時空世界，積累了百年的覺知、情愛、智識和體驗，而且總是不斷從中提煉出最美最好的精華，成就了一則傳奇——她卻以一貫謙和的口吻，自認自己的生平「十分平常」。

（二〇〇九年一月十四日於美國加州史丹福）

簡介

錢鍾書

（一九一〇—一九九八）

字默存，號槐聚，曾用筆名中書君，江蘇無錫人，著名作家、文學研究家，通曉多種外文，包括英、法、德語，亦懂拉丁文、義大利文、希臘文、西班牙文等。錢氏於中文一面，文言文、白話文皆精，可謂集古今中外學問之智慧熔爐。文化大革命時下放五七幹校。晚年就職於中國社會科學院，任副院長。在文學、比較文學、文化批評等領域極有成就，被推崇者冠以「錢學」之譽。夫人為楊絳。代表作有《圍城》、《談藝錄》、《管錐篇》《七綴集》、《宋詩選注》等。

楊絳

（一九一一—　）

原名楊季康，祖籍江蘇無錫，生於北京，著名作家、翻譯家、外國文學研究家。一九四九年後在中國社會科學院文學研究所、外國文學研究所工作，文革時和丈夫錢鍾書先後下放五七幹校。著有《風》、《窗簾》、《幹校六記》、《洗澡》、《我們仨》、《雜憶與雜寫》、《走到人生邊上》等；劇本《稱心如意》、《弄假成真》；譯著有《堂吉訶德》、《裴多》、《小癩子》等。二〇〇一年九月七日，楊絳以全家三人的名義，與清華大學簽訂了「信託協議書」，成立「好讀書獎學金」，當時捐獻的現金是七十二萬元人民幣，到二〇一〇年春已達八百萬元。

范用

這本書的書名，也正是寫范用這篇文章的題名：半生書緣。用寫范用的篇名作書名絕非巧合——可以這麼說：沒有范用，就沒有這本書。我此生若是不曾遇見范用，這本書裡（和書外）絕大多數的人我都不可能見到，結識，結緣。關於這個在我文字人生裡多麼重要的人，關於他的話、他的事跡，關於他留給我的那些美好的記憶，都保存在這篇與書同名的文字裡了。

一九九二年，李黎、范用合影於北京。

半生書緣——記范用

不止一次被人問起：為甚麼我的第一本小說集是三十年前在北京出版的？為甚麼早在文革剛結束不久，我就能在中國大陸訪問那些大名鼎鼎的老作家？

這一切都從一個人開始。他不是一位名人，文化出版界以外的人未必聽說過他的名字，但是認識他的人就會知道他是個愛書、愛好書、愛出好書的好出版家。他的名字叫范用。今年九月他在北京去世，終年八十七歲。

這篇文字是我早就想寫也早就該寫的，原意是想記下與這位亦師亦友的人物三十年來美好記憶的點滴，卻因自己的一再耽擱，結果變成了悼念文章，實在並非我的本意。想到這裡更感悵憾。然而我相信范用先生是深知我對這些記憶的珍視，有許多已經記載在我的其它文字裡；而他收有我的每一本書，也看過幾乎我所有的書寫，善體人意而又寬容大度的范先生，絕不會為我沒有在他生時特意寫他而介意的。

一九七九年秋天，我去中國大陸之前經過香港（那個年代我從美國去大陸都要經港），朋友介紹我到北京時去見一位「北京三聯書店的范用先生」，說他人非常好。原來范先生已看過我的幾篇小說，因為他對港台文學也很熟悉關注；但我對這位范先生的具體職稱和地位卻毫無概念，心想反正是「書店」的人，同是愛書人就沒錯，別的都不重要。待見到這位個頭不大、五十多近六十歲的范先生，發現他待人平易謙和、做事乾脆俐落，立即對他有了一見如故的親切信任好感——直到後來我才聞知他竟然是三聯書店的總經理、《讀書》雜誌的創辦者和負責人，而且是備受尊敬的出版界的前輩。我提出想見哪位老作家進行訪問，他就替我聯繫甚至陪我同去，更多的是他主動帶我去拜訪認識，似乎沒有他敲不開的大門，我這才覺得他真是神通廣大。於是我好奇而興致高昂地跟著他到了北京許多地方，見到許多人……然後，完全沒有料到的，他說要為我出一本書。

我和范先生不僅年齡不是同輩，背景更是毫無關連、非親非故。在那個年代，之所以能一見如故，我想不僅因為文字文學而結緣，還有一個非常重要的交集點，就是我們都剛經歷過一個「斷層」，卻在對方看到那斷層的銜接與彌補。我當時從台灣到美國還不是太久，在台灣成長的二十年裡，「禁書」造成了一個中國近代文學的斷層，我到美國之後靠著圖書館裡的中文書籍來彌補。見到范先生，從他身上我看到那個我錯過的年代的文人風範；不僅如此，他還帶我領我親見親炙那個年代碩果僅存的人物。而他遇見我的時候是一九七〇年代末期，文革剛過，浩劫的瘀傷還在，他周遭我的同齡人有許多不是打倒一切的造反派，就是對古典傳承和國外世情一無所知；對於他那一代人這也是一個斷層，而我在那時出現，像是從那片斷層裡冒出來的一個中國青年的異數。這也是他決定不由三聯書店，而由「中國青年出版社」出我第一本書的原因吧。

我讀到一篇寫他的文章裡形容他和我是「忘年之交」，但正是這個「年」——不但時間而且空間的巨大異質性，反而讓我們為彼此的斷層互補；同時我們卻又有更大的同質性：對文學文字和書籍的愛好，對傳統價值的尊重，對友情的珍視……。我從他的言行看見慘烈的革命之後，依然溫煦地存在的典雅與情操；而他看我，或許是文化荒瘠的年代一株無心飄落在另一塊土壤開出的花朵吧。從那時起，我們因文字和書而結緣，直到他今年去世，算來正好是我半生的歲月；而范先生對我的文學後半生影響之深，是我當時未曾預見的。但我更珍惜的，是其後漫長的三十年我們始終持續的友情。

其實我對范先生既有對長輩的尊敬，也有對平輩的親切。我對他和他的老友們都有些「沒大沒小」的，甚至稱兄道弟（范先生介紹我認識的老作家馮亦代，跟我通信就彼此互稱「李黎兄」、「亦代兄」），然而再怎樣親切我還是當他值得敬重的長者，當面或寫信從來不敢直呼名諱，總稱他范先生。其實我喜歡稱他「范公」，但他不讓我這麼叫他，說擔當不起，

一九七九年十月，李黎在北京作家協會報告後和與會者合影。前排左一為范用，左三李黎，左四孔羅蓀，左六白樺，左七劉心武；後排左二董秀玉，右三（戴眼鏡者）高行健，右四張潔。

我只有對別人提起他時才范公范公的在背後叫。因為他的平易近人，我雖然後來稍微猜到他可能有相當不低的黨內職稱，但他不提我也不問，因為這對我們作為朋友一點也不重要，反而是對於他的過去我比較好奇——是怎樣的家世，才培養出如此溫雅大度的愛書人？他告訴我：小時家窮，窮到父親是沒法活下去而自殺的！這是我萬萬沒有想到的身世，為之震驚而且心痛不已。也因如此，他十五歲小小年紀就去了進步書店工作，從此與書結下不解之緣。

他也從不對我提起文革期間遭受的苦難，我還是從一則「趣聞」才揣測到一二：話說范先生有一次受傷到醫院求治，坐在診室外等候時聽到護士大聲喊「飯桶！」沒人答應，又再喊「飯桶！」才猛然醒悟一定是護士把「用」字看成「同」了，便連忙回應「有！」周遭的人皆瞪大眼睛看他：怎會有人取這樣的名字？事實上這件趣事的背後非常悲慘：當時范先生是挨了批鬥，被拳腳交加打斷了肋骨的。

若不是認識范用先生，我不會被他引見見到那許多文學史上的人物，結交那許多有趣的文人雅士。我的第一本小說集《西江月》，不但是他推薦給中國青年出版社在北京出版的，而且他自作主張為我請到茅盾題簽，丁玲作序——我自己是根本不會想到、即使想到也不會敢提出要求的。後來他還推介過幾家出版社為我出了好幾本別的書。但我最珍惜的，還是他像帶個小朋友一樣帶我去見文學前輩——他總是先給他們看我的文章（出書後就先送書過去），然後陪我登門拜見：丁玲，茅盾，錢鍾書，楊絳……就是這樣見到的。

至於他熟識的好友，更是想到就帶我一家家地去串門子：畫家（也是作家）黃永玉、書法家黃苗子和畫家郁風夫婦（所以我靠范公的面子討到一些珍貴的字畫）、翻譯家楊憲益和他的英國夫人戴乃迭、劇作家吳祖光和名伶新鳳霞夫婦、老作家馮亦代和「明星」夫人黃宗英、漫畫家丁聰和沈峻夫婦、老作家汪曾祺、年輕些的張潔……。另外在作協、宴會、私人聚會裡，經他介紹而見到的原先只聞其名的文化界人士真是不計其數。連上海也是范先生牽的線，要不是他我怎麼可能訪問到巴金？後來成了我在上海最要好的朋友李子雲也是他介紹的，至今我還保存著他手寫的「上海文學／李子雲」那張小字條。

他安排我到北京作家協會作報告、在「讀書雜誌講座」對上百名聽眾作公開演講；一個兼具台灣和美國背景的年輕作者公然演說，這在一九七九、一九八〇年幾乎是絕無僅有、而且非常敏感的事，他其實要扛很大的責任。現在想來，他對少不更事的我竟有那般的信任，真是連我自己都不敢期望的。而范先生一貫地有擔當，也是日後我才慢慢知道的，比如文革後他創辦了文學、思想、知性的《讀書》雜誌，在當時要冒相當大的政治風險，范先生就立下了「軍令狀」：萬一出了問題責任全由他一人承擔。創刊號就刊登李洪林的〈讀書無禁區〉這樣敏感的文章，范公簡直是提著腦袋辦雜誌的。

上：一九八三年，文友北京小聚：前排中楊憲益，右梅紹武（梅蘭芳公子）；後排左起范用、張潔、楊夫人戴乃迭、李黎、馮亦代。

下：一九八〇年，拜訪吳祖光、新鳳霞夫婦。

也因為范先生的提攜，我得以與《讀書》雜誌結緣，那些年寫了不少篇文章登在雜誌裡，直到范先生退休，雜誌改換了面貌和性質。他對我的寫作始終關注，我無論在兩岸三地的哪一處出了書一定儘快寄贈他，因為我知道他對我的期許；尤其當面持贈時看他打開書，湊近專注的翻閱，我有一份學生交上自己覺得滿意的功課給老師時期待誇讚的喜悅。有一回他點頭肯定之後，隨即又寫一封信來叮囑我要注意身體、不要太勞累，因為我「寫得太兇了」。亦師亦友之外，范先生對我還有一份父執的貼心關切。

從八〇中期到九〇年代是我們聚會最歡快的一段時日，我到北京就由范先生出面邀請他的老朋友們，由我做東，同時託住在北京的美籍友人許以祺開車一家家去接。老人家出門見面不是很容易，所以這樣的聚會大家都非常高興而珍惜。席間這些文學界藝術界的老前輩，全都縱情談笑開懷飲讌，甚至像少年人般彼此打趣；我觀賞聆聽之際，心中充滿喜悅與感念：與這些位可愛的人物同席是何等可貴的緣分，而這全是因為范先生！後來老人家漸漸凋零，最後連范先生自己也不復當年的精神興致了。而今每當讀到「憶昔午橋橋上飲，坐中多是豪英，長溝流月去無聲……」這幾句，就會想到那些年月、那些飲宴那些人，永遠不再的美好時光，流逝如夢去無聲。

范先生在他老朋友面前非常活潑，我看到過一篇文章裡寫到他喜歡唱歌還提到我，「曾在電話裡越洋唱給摯友李黎聽由喬羽、谷建芬作的〈思念〉……」，似乎有些不可思議但確有其事——不過並非越洋電話，而是我人在北京與他通電話時他一時「技癢」表演的，歌詞是：「你從哪裡來，我的朋友？好像一隻蝴蝶，飛進我的窗口，不知能作幾日停留？……」印象最深的是一九八七年，范先生陪我和劉賓雁朱洪夫婦去北京城郊的蘆溝橋和石花岩洞玩，在車上我和范先生唱了好多首歌，我驚喜地發現我倆都會唱〈國父（他的版本是「總理」）紀念歌〉：「我們國父（總理），首倡革命，革命烈如花……」。那次愉快的出遊，在其後的歲月裡常常憶起。次年劉賓雁到美國講學，就再也不能回國，五年前客死異鄉。現在范公也不在了，這些記憶越是甜美溫馨，越是令人感到無比惆悵。

我總是把范先生當作單純的讀書人出書人，多少年來他給我的印象就是這樣，根本不會想到他的政治立場什麼的，因為他從來沒有顯示過庸俗的勢利的政治考量，甚至有時會為他站在風向的另一邊而捏把冷汗。像他最為人樂道的出版巴金的《隨想錄》和《傅雷家書》，今天的人大概難以想像當年出版這兩本書所可能遭到的阻撓和非議；那絕對是需要一種專業的、甚至道德上的勇氣才會去作的事，所以北京出版界流傳一句話：「沒有范用不敢出的書」。我則是看到他對朋友的義氣：有「中國的良心」稱號的劉賓雁在大陸一直是個有爭議性的人物，有人視他為異議份子，一九八三年「反對資產階級自由化」、「清除精神污染」這些政治運動就公然以他為目標；但范先生欣賞劉的為人，依然來往，一同出遊。香港報人羅孚（羅承勛）在非自由意志下羈居北京十年，范先生非但沒有避他唯恐不及，反而交往無間，還讓羅孚以「柳蘇」的筆名在《讀書》雜誌上發表許多文章。羅老後來回憶起那段原該是形同軟禁的北京歲月，竟然十分懷念，就是由於有范先生和那些可愛的老友。

范先生對朋友的毫無保留的熱情，對後進不遺餘力的提攜，多半表現在為他們發表文章編書出書這些他最鍾愛的文字工作裡。台灣寫書的好友要去北京，我也會介紹他們去找范用，讓他們見識我認為是北京最特別的一道風景。果然范先生對於與我背景相似的朋友也有一份親切感，他一見到丘彥明就喜歡，也馬上推薦她的書《浮生悠悠》在三聯出版。他對人對文的熱情讓他總是忙碌地兜攬許多事，包括正經重要的大事和一些瑣碎的雜事，因而發生了那樁有名的「收藏代轉信」的烏龍事件——一九八〇年底范先生為我引見錢鍾書楊絳兩位前輩，當天因為事忙臨時讓手下的董秀玉陪我去見；我回美後給錢楊二位寫了謝信並附上合影照片，錢先生立即回了信，並託董秀玉寄給我。董大姐心想范先生常給我信，便把信順手交給了他，而一向認真的范先生覺得錢鍾書的親筆信很寶貴，就先鄭重地收了起來——這一收竟收了十一二年，直到準備搬家整理舊物時才在他浩瀚如海的書紙堆裡發現，待我不久之後到北京時他才萬分抱歉的把那封信交給我。錢、楊二位聽我敘述這件趣事之後，都幽默地稱范先生為名副其實的「收藏家」。其實范先生確是有珍藏朋友來信的習慣，連我給他的信他都貼在一個本子裡，相信這樣的剪貼本他一定擁有許多冊。

上：一九八七年，《讀書》雜誌百期聚會，前排左起丁聰、范用、李黎；後排左起董秀玉、羅孚、丁聰夫人沈峻。
下：一九九二年，文友北京小聚：前排左起張潔、李黎、諶容；後排左起馮亦代、范用、王蒙、黃宗江。（許以祺攝）

范先生原先住在北京城東的胡同小院裡，門前有雙槐樹，安靜優雅，我去過一次。後來拆遷搬到城南冷冰冰的水泥森林高樓裡，我知道他有多捨不得離開那住了近半個世紀的舊家，簡直像被連根拔起，與他的老友們會面更不容易了。後來的家我比較常去，但已是他的夫人過世之後了，氣氛總覺冷清。會客室簡直有點像畫廊，四壁全是名人字畫，而那些名人又全是他的老友好友，字畫也就特別而別致，有專為他畫的畫和像，專為他寫的字和詩……；還有酒，也全是好酒美酒名酒，喜歡跟他對飲的我，也跟著他這些年的品酒口味變化送過他白酒烈酒和紅葡萄酒，可惜後來他就漸漸不大能喝了。

當然，牆上還掛著他與老伴年輕時的合影，照片裡的范用是個我沒有機會及早認識的模樣溫文的青年，身旁的她秀髮及肩，淡雅清純。有一回范先生指著照片輕輕地說：「她叫丁仙寶。」我也輕輕點頭說：「我見過她的。真好看。」然後久久的沉默。我知道，身邊這位喪失伴侶的老人是多麼、多麼的寂寞啊。

那棟屋裡更多的當然是書，每個房間都有書，但還是有一間叫書房——那裡的書櫥架上一直擺著我的孩子們的照片。他很喜歡我的大兒子天天，一九八七年夏天我們母子遊中國，在北京參加《讀書》雜誌一百期的聚會，文藝界老中青濟濟一堂，那簡直是一次歷史性的盛會，可惜我生長在美國的小孩沒有觀念，那天他見到的是許多傳奇性的人物，而其中好些位我後來就再也沒有見過了，或者再見已是多年以後，人事全非了。

那次聚會之後我和兒子要去西安玩，范先生早已安排了西安電影廠的吳天明導演在西安接應。我們離京那天范先生親自到機場送行，特意鄭重地穿西裝打領帶，非常漂亮。那張他在北京機場與天天的合影，是他書架上擱的最久的一張我的孩子的照片。兩年後天天離開了這個世間，而今范先生也走了，如果他倆在另一個世界重逢，我的孩子應該會認得這位親切的范爺爺的。

近年范先生的精神愈見不佳，我和李子雲都很擔憂，便出主意要他出門散心，比方到上海見些老朋友，他竟然聽從了。二〇〇三年三月，聽說電視台要拍他回故鄉鎮江的紀錄片《我愛穆源》，我高興極了，約好到時從美國去上海與他相會，然後陪他同去鎮江——我也好奇想看看他的家鄉和他朝思暮想的童年小學。范先生晚年格外懷念家鄉，穆源的記憶和孩子們

上：一九八三年，李黎速寫范用。
下：一九八七年，范用送李黎去西安。

的笑貌大概是他晚年寂寞時最溫馨的慰藉；我還跟他開玩笑說：他應該回家鄉找那位當年要好過的小女孩敘舊。沒想到就在那時爆發了SARS「非典」，我只得取消中國之行。他如約到了上海，我卻只能從美國打越洋電話向他致歉。失約失信於他，而且知道這樣的機會錯過以後就難再有了，心中的遺憾實在難以形容。世事無常難料，人的不由自主，我又一次深深感受卻萬般無奈。

過去兩三年來幾次見他，一次比一次地強烈感覺到，他已不復從前那樣對生活充滿興致了。他話說的很少，肺氣腫折磨得他呼吸都困難。想到二〇〇一年夏天我倆跑到馮亦代家，與黃宗英大姊一同把中風行動不便的馮老架上車出門吃小館，馮老開心得像個小孩，我們也全都歡喜，而范先生那時還是健步如飛呢。可是沒有多少年之後，范先生竟連出門的興致也逐漸消失，到最後下床和進食的意願都沒有了。人的衰老竟會發生的那麼快，那麼令人措手不及——還是這些年我竟癡愚地以為，總是精神奕奕的范先生是不會老去的？

最後一次見面是去年十二月，我去看他，劉心武也同去——心武當然也是三十年前范先生介紹的。我們坐在床邊逗他說話，但他話也說不上幾句。我發現他似乎已經沒有多少生之意願，更無體力與心情了。我們這些朋友，家人，食物，談話……曾經都是他的最愛，而他卻疲倦地垂首不多顧。當時我心中慘然但瞭然：范公對這世間已再無留戀，他的出離之心非常明白了。我預感到這可能是最後一面，因為我的到訪和陪伴已不能像從前那樣帶給他任何喜悅；他的心已經去了另一個世界，老伴、老友都在那裡等他。他已經為我們、為這個世間做的太多，我們該讓他的身體安安靜靜地隨心而去吧。

於是他走了。臨走前還留下遺言要將遺體捐贈給醫療單位，真是他一貫的無私奉獻的為人哲學，有始有終。他的走，代表了一個時代、一種典範的終結。他和他帶著我結識的那一代人，上一個世紀的，五四時代的，三〇年代的，純真的理想年代的，苦難的歷史年代的，那些愛書人，寫書人，寫字畫畫演戲翻譯典藏……那些人物，都隨著一個時代永遠地過去了。

理性上我接受了與他的訣別，然而想到以後再去北京，那裡已沒有了半生的老友，感情上實在難以承受。他為我打開一扇神奇的大門，把我帶到一個美好的筵席入座，讓我結識座中英豪，歆享席上的珠璣盛饌，對我殷殷照拂，卻在倦極時自行起身離去。此時我茫然四顧，發現早已燈火闌珊，杯盞冷落。我明知世間的筵席都是這般散去的，不該再有所流連。但是……我實在不捨啊。

（二〇一〇年仲秋於美國加州史丹福）

雙槐樹

出版界前輩范用先生，今年夏天從北京城東的胡同小院搬到城南高樓，印了一張「遷帖」昭告海內外朋友。

要離開一處住了將近半個世紀的地方，那份依依之情是旁人可以——卻又難以——完全理解的。范老「遷帖」裡的語氣沖淡恂雅：「北牌坊胡同那個小院，將不復存在，免不了有點依戀……許是丟不下那兩棵爺爺奶奶輩的老槐樹，還有住在那一帶的幾位長者，稔知。」淡抑的語氣裡蘊藏著的深意，是對生命中流逝而永不可追憶的時光的一份執著，是每個人生命中都必得承受的一份沉重——恐怕連老槐樹也要嫌重呢。

范老的北牌坊胡同小院，八七年夏天我去過一次，慚愧的是當時可能心情太高興，加上天氣熱得人發昏，便未曾注意那兩棵槐樹。其實我是非常喜歡槐樹的，北京的槐樹，我認為是北京最可愛的事物。我沒有住過北京，對北京的印象最早都得自文字，尤其是三四十年代作家筆下的「北平城」；記得張恨水在一篇題為〈五月的北平〉的散文裡，應用了許多筆墨誇讚槐樹之好、之美。我去北京多半在初秋，槐樹們依然鮮碧，羽狀的互生複葉，每一片都纖巧秀氣，那色澤是水秀，而一排這樣靈秀的樹便是幽雅。難怪有名的「南柯一夢」就是在槐樹底下做的。

美國的槐樹都是從中國和日本「移民」過來的，學名叫Sophora Japonica——歸根給日本，但俗名叫「中國學者樹」，倒也有意思。舊金山灣區的水土氣候也適宜種槐樹，但總覺得這裡的槐樹粗壯有餘，就是不如北京的秀雅。

近日喜獲范老手書，謂：舊家雖然已經夷為平地，但兩棵老槐樹卻保存下來，而且用鐵欄杆圍起來了，我讀了心頭一熱，好像時代的無情巨輪轟轟輾過，竟然也有倖存的長物，且是寄託象徵了一些最寶貴的記憶沉澱的東西，四五十年的滄桑悲歡，家國感思……如果樹有記憶，他們記取了多少呢？如果樹能說故事，那兩棵槐樹爺爺奶奶，會說些甚麼樣的人間故事呢？樹猶如此……

（原載一九九四年十一月廿三日，香港《星島晚報》）

簡介

范用

（一九二三—二〇一〇）

江蘇鎮江人，著名出版家，中國出版界代表人物之一。十五歲即開始終其一生的出版生涯。十六歲加入中國共產黨，一九五一年後担任人民出版社副社長、副總編輯兼生活・讀書・新知三聯書店總經理，一九八九年退休。一九七九年四月與陳翰伯、陳原、馮亦代、倪子明創辦《讀書》雜誌；曾促成巴金《隨想錄》、《傅雷家書》、楊絳《幹校六記》等書的出版。主要著作有《我愛穆源》、《泥土腳印》等。

劉賓雁

一九八〇冬天年在北京作協第一次見到劉賓雁，一個高大英挺的東北人：那時已經有人稱呼他「劉青天」。然而那個民間頭銜成了他的十字架。他是一個懷抱理想主義的悲劇英雄，從來就沒有改變過——從來不會因為橫逆和傷害而改變或妥協。更令我感到意外和不忍的是：在他那偉岸的外表下，有一顆出奇柔軟而且天真的心。當他最後一次出國訪問時，一定沒有想到，自此竟然再也回不了家了。而被他那樣深愛著、思念著的故鄉的人，卻也不再記得他……一隻望鄉的大雁。

一九八二年，劉賓雁、朱洪夫婦訪問美國時與李黎合影於李黎家中。

我所認識的劉賓雁

寫下「我所認識的劉賓雁」這個題目，不免停下來想了想。我認識劉賓雁嗎？應該算是吧，從一九八〇年至今七年了，在美國和北京的幾次見面、幾天相聚、加起來也有幾十小時的談話……然而我真的認識他嗎？我是怎樣的「認識」他呢？

「劉賓雁是中國最後的恐龍」

常有人提醒我：「劉賓雁是個共產黨員——而且是個最忠貞的共產黨員！」沒有錯。但我覺得不僅止於此。（當然，他現在已經不是了——被開除出黨，成了「黨外人士」了。）像每一個人一樣，劉賓雁也有他的幾個層次：首先，作為一個人；其次作為一個中國人；再其次，才是一個中國共產黨員（或「前黨員」）。第三個層次在他所生活的那個環境的實質上也許很重要；但在心靈上，尤其在一個作為他遙遠的朋友的心目中，他的第一個層次和第二個層次就足以構成他的幾乎一切了。

作為一個人，他既誠且實。作為一個中國人，他愛中國愛得叫人幾乎鼻酸。但是當他用同等的、幾乎是宗教性的虔誠去生活他的第三個層次，去期望他獻身的組織能如同他理想般的美好——結果當然不是。他還沒氣餒，他的組織卻已先對他不耐煩了。

在這個古老大國的古老土地上，一切令人傷心扼腕的反反覆覆顛顛倒倒，將許多曾經是被肯定的、被珍惜的價值摧毀了。虛墟中的倖存者多半是聰明、強悍而冷漠的，只有極少數的心頭還有一朵純真理想的火苗。劉賓雁便是這樣的少數傻子之一，在遍體鱗傷力竭聲嘶之餘還要站在亮處大聲疾呼。他的朋友、小說家劉心武曾對我說：

「劉賓雁是中國最後的恐龍。」

我懂他的意思，不過「恐龍」這個形象太不可愛，不是個很好的比喻。我建議用更合適的象徵：獨角獸。那個中世紀藝術品中常出現的傳說中的珍獸，潔白駿美、矯健不馴，可是只要貞女（聖母的象徵？）素手一觸，便馴服了，而牠的那隻獨角，是極珍貴的辟毒藥材……

恐龍也罷，獨角獸也罷，總是注定絕種的生命。（在二十世紀末葉的世界上，許多地方，理想主義者恐怕都是。）不過以獸喻人總是不太恰當，何況喻的這個人，劉賓雁，又是個極有人味的人。

他對民族的前途一直是不可救藥的樂觀

像許多他的海外讀者一樣，我第一篇讀的是一九七九年的〈人妖之間〉（是指「人」和「妖魔」——大陸不用那個另有涵意的「人妖」一詞）。初讀完只覺得這是一篇藝術性相當高的新聞報導文學。等到知道了許多關於他的事蹟、也的處境、他奮筆直書在當時的環境中所特別具有的意義……才領悟到他比一般中國作家具有更高度的勇氣和更深沉的信念。

一九八〇年冬天去北京第一次見到他。本來以為那年秋天在愛荷華就會見到他，因為聽說他已經在整裝預備上路了，卻橫生阻撓，未能成行。從那時認識他起，記憶中好像他從來沒有安安穩穩過日子，總是接連不斷大大小小的「運動」，或明或暗的中傷、打擊、阻礙……七年來（其實當然是更久）幾乎沒有停過。

記得第一次見面，他就很坦率地告訴我：他本來從不讀海外華人作家的作品，因為覺得跟國內沒有什麼關係，但現在他改變看法了……。他不疾不徐的聲調裡有一份令人信賴的沉穩。我本以為那位寫〈人妖之間〉的「良心記者」是個只可敬佩卻不可親的「高大形象」，沒想到他雖是高大個子，卻有一種令人立刻感覺得到的自然親切。我提出對他作錄音訪問，他毫不遲疑地答應了，只因為他相信我是個關心中國的「同胞」、一個文字的「同行」，便

一九八〇年，李黎與劉賓雁、諶容（右二）、韋君宜（右一）合影。

誠誠懇懇的與我對談了兩個多鐘頭，讓我錄下他的每一句話。然而待我回美後重聽那些錄音時，卻怎麼也寫不出一篇訪問記來——當時實在說不上來為什麼，也許是不想使他的誠懇變為讓別人傷害他的口實，且覺得他已是心中的一個朋友，不知該怎麼整理出朋友間拉雜親切的對話？

這以後，更沒辦法跟他作錄音訪談了。這些年來有無數篇劉賓雁訪問記，卻沒有一篇是我寫的。

一九八二年秋天，他終於和妻子朱洪到了美國愛荷華。一直馬不停蹄地奔波、採訪、寫作，這下可以歇一口氣了！他天真地以為可以輕鬆了，放出豪言要在公寓裡天天游泳。結果是，四個月下來一回也沒游過。人忙心更忙，他幾乎無時無刻不忙著觀察美國這個新世界，比較他心中那個多苦多難的祖國。別的作家笑他成天「憂國憂民」，他還不知道人家在笑什麼。

他們夫妻倆回國之前經過加州，在我家小住了幾天。他也不遊山玩水，除了見人、談話，便是埋頭苦讀美國報章雜誌，把要留的資料剪存分類。這是最後機會了——他好像不抱任何期望會再來美國。很奇怪的，他對民族前途一直是不可救藥地樂觀，但對自己的前途則正好相反。

偌大的中國難道就靠一個劉賓雁伸張正義？

八〇年代初期的中國大陸的年輕人，跟現在的可能不大一樣吧。我聽過幾則當時他們如何盛大隆重地以英雄式場面禮遇劉賓雁的傳聞。也許故事傳久了不免誇大走樣，但核心還是差不多吧。可是私下裡這位「英雄」是很天真的。朱洪曾對我們半好笑半憐愛地說：「賓雁這個人啊，人家對他說什麼他都相信。」順便舉些不由你不信的小例子。大家笑，他也笑，笑得有幾分不好意思、幾分無奈——當然還有幾分天真。怎樣也難想像他的另一面，那嚴厲地對不平不義嫉惡如仇，絕不妥協的一面。他一笑，臉上的溝紋更是縱橫深刻。聽說他年輕時是個百分之百的美男子，而今那英俊的輪廓還在。這個魁梧的東北漢子，在他五〇年代風華正茂的年頭，就被扣上「右派」的帽子而失去了許多最基本的生活的權利。然而他始終沒有失去自身一些最美好的品質。真是個小小的奇蹟。

一九八三年底我再去北京時，正逢「清除精神汙染運動」。雖然「運動」師出無名虎頭蛇尾，身在其間膽子小些的人已是大氣不敢出，見面可免就免了。劉賓雁卻還是他的一派天真，不但見我，還邀我到他的《人民日報》報社辦公室裡去聊天。那是隆冬，偌大的水泥辦公室實在冷。那間房簡直就是他的宿舍，看來他吃、睡、休息、工作、思考、會客全都在那裡進行。各類各樣的紙張、書籍、冊頁、信件等等，堆得像小山高。愚公移山要靠子子孫孫或者靠神助，劉賓雁要移這座紙山大概也要借助奇蹟。（比方說，一九八七年春天大興安嶺的大火災。後來據他說，其實早自一九八〇年以來，就不斷有人或團體找他、提供材料、控訴當地官僚幹部欺壓好人、侵佔、破壞公家財物的事；他手中這方面的材料積了兩尺厚！）我算是見識到了這位「良心記者」的工作現場和工作量了。但同時也產生了疑問：偌大一個中國，難道就靠一個劉賓雁在伸張正義嗎？

歷史總是不憚其煩地重複不已

這個悲哀的問題始終追隨著我不去。除夕那天我離開北京，乘夜車下蘇州。夜晚的月台上，送行的劉賓雁隔著車窗依依向我揮手。他還是那麼挺拔，寬寬的肩膀上絲毫沒有被沉重的擔子壓迫的模樣。車開了，我還在想那個問題，而他的身影愈來愈遠，終於消失在冬夜裡。想到即將到來的年頭是「一九八四」，簡直像個惡意的玩笑。

以後便是偶有的片紙隻字，他來我去的空洞的許諾、輾轉托人攜帶的問候，以及報章雜誌上的消息和文章……唉，竟是這樣一種好像存在時空之外的友情！

然後便是一九八七年。一開年便是劉賓雁、方勵之、王若望三名肯關心、敢說話（而又偏偏說中痛處）的知識分子被「開除出黨」。歷史總像是不憚其煩地重複不已，其實是人們在不憚其煩地重複前人的錯誤，而偏自以為是對的——直言敢諫者總以個人悲劇下場，殺直言敢諫者又常以全民悲劇下場……於是一幕又一幕，讀史的人也得不憚煩才行。

各種各樣的傳聞謠言：他被軟禁了、被監視著、要吃刑事官司了……。我拿起電話來便撥到他家。總該有些不同吧？五〇年代、六〇年代，那真是呼天不應的時候。現在我可以在幾秒鐘裡聽到朱洪的聲音。許多人都打電話去，打完再打。到底完全回頭到二、三十年前黯無天日的年代是不可能的了。

聽到朱洪的聲音我就覺得好多了。她的語氣總是那麼平靜。這樣的妻子。若沒有她，可能劉賓雁也會有些不一樣吧。許多年前當他們最困難的時候，他在鄉下吃苦，朱洪在家獨力撫養他們的一子一女之外，還撫養他姊姊的兩個孩子，因為他姊姊也因他而受累。什麼大風大浪都過來了，然而還沒有完，朱洪當然還焦慮、擔心，因為賓雁有可能以文章內容被誣告，吃刑事官司而坐牢，受變相的「文明」的政治迫害。電話那頭是朱洪壓抑住情緒的、清清楚楚的聲音，清楚地像靜夜簷下的雨滴。

唉，他還是那麼無可救藥的樂觀

半年後，夏天，我一到北京，便迫不及待打電話給他們。又是朱洪的聲音。像是又歷一劫歸來，平靜的聲氣裡還是有著喜悅和酸楚吧。賓雁在香山，她說，因為家裡太熱太擠，但他就要回來了。「我什麼時候可以見到你們？」我幾乎是對著電話在嚷，並不全因為北京的電話太不清楚。

站在約好碰頭的地方，夏天北京黃昏的路邊，看他倆從路那頭走過來，夫妻倆都是高個子，搖著鵝毛扇，一副乘涼的打扮，怎麼也不像歷盡劫難的同命鳥……也不及多想，只覺得高興、真高興，那麼高興看到他們，胡亂地抓著他們的手搖著，笑著——

靜下來才有說不完的別後種種：這回來勢真兇險啊，以為要見不到你了。健康怎樣，胖了、胖多了，動脈硬化、血脂過高，中老年人的毛病啊。沒有工作了，收入呢，過得去的……。新添了孫子，住處真擠啊，九個人擠四間房，熱死了，過幾天兩老要上大連去，然後杭州、福建，減輕「住房危機」啊！出事之後，函電交加的，有人寄信、寄錢、寄禮物來，甚至提出要供養他們。三分之二以上的來信人用了真實姓名地址，甚至寫在明信片上。根本不怕。到現在每天家裡都還有三、五起訪客。……三十年前宣佈他是「右派」時一下變成痲瘋病患般沒人敢理會，三十年後宣佈開除他黨籍，當天就有二十七名客人上門。

「三十年來就是這樣進步的。」劉賓雁說。唉，還是無可救藥地樂觀著。

西安電影廠廠長、導演吳天明，放給我們看他那時剛拍完的新片《老井》（這部電影後來在幾個國際影展都得了大獎）。電影沉重感人得叫人說不出話，劉賓雁從頭到尾就是嘆氣個不停。我說你別嘆了，他嘆得更大聲算是答覆。看完了電影，我們四個人一起到吳天明下榻的飯店去聊天。只看那兩個惺惺相惜的漢子興高采烈地聊天就夠感動人了。拍電影的那個比手畫腳地說，寫文章的那個邊點頭感嘆邊掏出小本子手不停地記。真正本性難移——說了不能寫了，還是在寫，起碼準備著以後寫。

好乾淨的一個人

沒有了工作、不准發表文章，這個自稱永遠忙得在過「非人生活」的大忙人總算可以喘口氣了。他說過去幾年來，手邊永遠有十幾件「非做不可」的事，精神負擔重極了。到後來實在不能支持：答應了的事食言，積了一年半載的信回了一半便擱下，有的信連拆的時間也沒有……。而現在有時間了。竟然閒到可以與我一同看電影、吃飯、聊天、出門郊遊一整天……。人生真是充滿反諷。一直期盼著與他們的相聚，竟是在這樣的情況下得以實現的。送我一本《告訴你一個祕密》，定價一塊九，黑市賣到二十元。他和方勵之的《言論摘編》（供處長以上幹部閱讀批判用）複印件賣到四、五十元一冊。聽起來像荒誕劇的故事，正是「荒誕寫實」。

我問他：「連你這樣的人都要開除出黨——對這個消息你覺得像是兒子被老子逐出家門、教士被開除教籍逐出教會嗎？還是——」我幾乎是殘酷地說：「還是就當作是一個早就煩你、討厭你、不愛你了的妻子，把你離掉了？」

他有些愕然地看看我，苦笑一下，然後把自己罩在香菸噴出的煙霧裡。沉默。離開北京的前一天又見他。我要去西安，他要去大連，一西一東，一聚又散。此後又是天涯海角。握別時的反覆叮嚀是些什麼已記不清，只記得他仍然是鼓舞我，眼睛深深地看著我的眼睛，大手掌握著我的手。好乾淨的一個人，身上沒有一根俗骨，沒有一根媚骨。

對了，他說，他希望能再工作個十五、二十年。但是——天，他已經六十歲了，我忽然想到。

我常會忘記他的年齡、性別、籍貫（包括黨籍）——有意地忘記。這樣我才更容易認識他，那個人，一個真正的人；我願意去全心全意認識、去與他做朋友的人。而且，更要緊的，讀他那用血和著墨蘸筆寫出來的書。

（一九八七年十二月於美國加州）

劉賓雁與蘆溝橋

五年前（一九八二），劉賓雁和朱洪夫妻倆去愛荷華，離美前經過南加州，在我家做了幾天客。他走了以後好一陣子，我每回打開那間房門，總還覺得他還坐在桌前，戴著老花眼鏡，用功地看報——他把我家車庫裡積存的《洛杉磯時報》和《美國新聞週刊》全部搬進屋裡，逐日翻讀剪存。先前只聽說他俄文日文英文都行，卻不知他英文有那麼行。

三年多前的冬天去北京時，到《人民日報》社他的辦公室找他聊天。一間極大的房間裡竟擺著床，桌上的書籍紙張堆得像山。晚間他睡在那裡也看不完處理不完那座紙山。那時的他忙得寫美國紀行的文章的時間都抽不出，只為眼前周遭有太多不義要揭發，太多正義要伸張。後來我乘夜車離開北京南下，他來火車站送我，列車緩緩開動時我看著夜色裡月台上那個挺拔魁梧的身影，心中想：好一條漢子。他能永久挺立下去嗎？

今年年初，聞說他那畢生忠誠信賴的組織將他除了籍——好像是固定的歷史反諷：最具真心關懷的人往往也是最討嫌的人。從美國撥電話去他家，朱洪接的電話，聲調依然平靜沉著。怕他受誣坐牢，總算沒有，心中一塊石頭才落了地。

夏天到北京見他，以為會有恍如隔世之感，竟也沒有。約在一間電影試映場前面碰頭，等了一會，那邊廂施施然來了個全身短打大漢，手搖鵝毛扇，完全北京大爺乘涼打扮，一看正是劉賓雁。

一同看西安電影廠吳天明剛拍成的故事片《老井》，講的是太行山區窮鄉僻壤裡缺水人家世世代代的苦難。電影拍得沉重極了，像一槌一槌打在心口上。身邊的劉賓雁不停地歎氣。他在想什麼？中國這麼大，苦難這麼多，他一個人一枝筆，跑得了天南地北，也寫不盡歎不完……

而他現在已經不能寫了——寫了不能發表。多年來良心上承擔著沉重無比的「為民請命」擔子忽然不再有了，才覺得終於可以喘一口氣，雖然寧可沒有這個「休息」機會。然而「良心記者」的職業習慣仍在，身揣一個小記事本，隨時隨地聽到什麼想到什麼就掏出來刷刷地記。

第二天是個略微有些陰沉的好天，與劉賓雁夫婦和一位出版界的前輩范老先生，一同到北京城外房山縣一處新發現的石灰岩洞去玩。那種喀斯特地形的岩洞以為只有中國西南部才有，像桂林那兒的，沒想到北京附近發現一個。洞的上下落差極大，頗有可觀的奇形怪狀景觀。跟著導遊玩了十幾處「景」，每一景都配有舊體詩一首，雅不可耐；導遊一邊吟哦我們就一邊私下竊笑不止。洞裡涼爽極了，勝過任何冷氣設備。這才明白「別有洞天」的意思。在這裡可以忘掉外面的酷暑和其它的一切不快，就剩下純粹遊賞的開心。我尤其開心，因為看到這對一生坎坷的夫婦享受這麼單純的愉悅。

來的路上經過永定河，開車的師傅指著遠處一座橋說那便是蘆溝橋。我嚷著回來時要停下來看看。於是回程特意繞過去。永定河原是無定河，河床在這炎夏已乾涸了。蘆溝橋剛剛渡過揭開抗戰序幕的第五十個年頭，七月初熱鬧過一陣，現在幾乎沒有什麼遊人了。「蘆溝曉月」碑依然無恙，橋欄上的石獅子全都在，新新舊舊，還是算不清。中國的名橋多不勝數，唯獨蘆溝橋的赫赫有名是為了抗日戰爭序幕在此揭開。其實中國人的抗日遠遠早過五十年前的那個七月七日。忽然想到：從圓明園到蘆溝橋，怎麼遊跡淨是傷心的地方——還是這塊古老土地上的傷心地特別多？

橋這頭新建了「中國人民抗日戰爭紀念館」，館前有一座石雕：一頭醒獅。劉賓雁也是頭一回來，大夥全想進去參觀，可惜「七七」紀念熱鬧剛過，就暫停開放；劉賓雁不復是有辦法的《人民日報》記者身分，全都不得其門而入。

一條小街，一頭是蘆溝橋，一頭便是宛平城的城門。城牆看起來很新很完整，大概也是新近修整過的。路邊有幾家小飯館，我們隨便挑個清靜的，像間家庭式的舖子，總共才五六張枱子，就只有我們這夥客人。點了切成細條的「燴餅」當麵條下在湯裡，味道非常之好，伴

一九八七年，李黎與劉賓雁夫婦、范用合影於蘆溝橋。

上我們自帶的滷菜和酒，把盞談古論今，或喜或悲……。那頓簡單的午餐，比哪一個大宴都令我難忘。

回北京的路上天色愈見陰沉，然而我們的談話卻比天色開朗得多。劉賓雁這次遭受的橫逆看似嚴重，卻受到許許多多毫無保留毫不含糊的支持與喝采。三十年前、二十年前遭受橫逆時那種強烈的孤單、恐懼和自罪之感都已不再有了。

我們唱起歌來。同行的范老先生說他少年時最為之感動的一首歌是：「我們總理，首倡革命，革命血如花……」

我大叫起來：「我在台灣，小學時也唱過！只是總理兩個字改成國父——」緊跟著他一起唱，唱到第二段，「國事亂如蔴……」忽然覺得有團什麼梗在喉嚨口，唱不下去了。劉賓雁從車子前座轉過頭來，看著我們這兩處長大的兩代人……

烏雲密佈的下午，在城裡與他們分手。目送他們夫妻倆的高個子過了馬路，消失在北京擁擠的人潮裡，我才轉身離去。回到旅館不久豆大的雨點就落下來，洗淨了大部分的燠熱。黃昏時分，從窗外眺望出去，天際有一抹若隱若現的彩虹。

（一九八七）

簡介

劉賓雁

（一九二五—二〇〇五）

吉林長春人，報導文學作家、記者、異議分子。一九四三年起就投身抗日救亡活動，並參加中國共產黨地下工作；一九四四年加入中國共產黨。一九五七年被打成右派，後被遣送農村勞動改造直至一九七七年。一九七九年獲得平反，同年九月發表報告文學《人妖之間》，揭露中共建國以來地方官員最大貪汙案，在民間引起更大反響。他的作品在一九八〇的中國有很大影響力，有「中國的良心」的稱號。曾任《人民日報》記者、中國作家協會副主席（主席是巴金）和獨立中文筆會第一任會長。一九八八年春赴美講學，一九八九年六四事件後，因公開反對武力鎮壓，被開除出中國作家協會，從此被中共當局禁止返回中國。代表作有《在橋樑工地上》、《本報內部消息》、《艱難的起飛》等。

李子雲

在這本書寫到的人物裡，李子雲是唯一可以形容為與我「情同姊妹」的人。跟她在一起，可以談文學談人生哲理，從親朋好友生活起居談到政治宗教文化歷史，甚至時尚美食閨中瑣事……而且總是親密愉悅，從未有過爭執。與她交往的三十年間，我目睹她生活周遭巨大的變化，和她那不變的優雅、堅持與友情。她的離去，讓我覺得是與一個時代、一個城市的一段歷史告別。

二〇〇三年，李黎與李子雲合影於上海。

昨日風景——懷念李子雲

著名文學評論家、原《上海文學》負責人李子雲同志，因患肺炎醫治無效，於二〇〇九年六月十日淩晨一時在華山醫院不幸逝世，享年八十歲。……

讀到這段訃聞之前，我已經在美國家中接到電話得知了。遠在萬里之外，信息傳到時一切都已發生，無可追挽。訃聞的字句是冰冷而陌生的，如果不是那個熟悉無比的名字，我無從相信一個結交了半生情誼的摯友竟然就此而去。取出昔日的信函手札，過往三十年的記憶如潮水湧來，把對逝者的思念浸得濕透了……

一九七九年我去北京，出版界前輩范用先生告訴我：若去上海，一定要見一個人。我撕下記事本的一頁紙，請他寫下這人的名字：李子雲。接過那頁紙的那一刻，我並無預感其後這三十年，我與這個名字會結一個長久而美好的緣。

第一次見到李子雲，是一九八〇年十二月十五日，巨鹿路上海作家協會，一棟富有古典美的西洋式樓房裡。我登門拜訪、贈書（我在北京剛出版的小說集《西江月》），在座接待我的除了當時上海作協的「領導」吳強，和我原先在北京就認識的詩人白樺，還有一位皮膚白皙、五官秀麗、氣質高雅的中年女子，介紹之下正是李子雲，《上海文學》的主編。她話不多，靜靜看著我聽我說話，一開口竟是一口脆生生的悅耳京片子，還燃起一枝香菸優雅地抽著。這份架勢，加上她戴著一副那年頭少見的金絲邊眼鏡，更使得她看起來氣度不凡。

（後來我告訴她，第一次見到她印象雖好，但有點怕她。她難以置信地笑起來：我竟然會「怕」她？其實她不知道：正是她的高雅、端莊和自信，對於尚未感受到她親切風趣的初見面者，是可能會有點「鎮懾」作用的。她聽我這麼說以後，好幾年不敢戴金絲邊眼鏡，換成了柔和些的玳瑁鏡框。——這是後話了。）

兩天後作協辦了個座談，我以台灣和海外華文文學為題作了個報告；接著作協宴請，我和李子雲多了些接觸，發現她其實很和藹可親，而且說話生動風趣，在上海難得聽見的那口「京腔」實在動聽，她的金絲邊眼鏡也不再令我害怕了。之後我就離滬飛北京，子雲和白樺到機場送行，我竟感到有點依依不捨。好在十來天後我還要再回上海，約好到時再見。

回到上海的那天一早住進靜安賓館，子雲就來找我了。我倆從早上九點多鐘一直談到晚上七點多，竟不覺疲倦！中午她帶我去上海有名的「紅房子」午餐。那還是百廢待舉的年代，

一九八〇年，左起：李黎、李子雲、白樺，合影於上海作家協會。

想要不看賓館的臉色，臨時起意出外找家像樣的館子吃飯不是容易的事。這家老字號的西餐廳不僅菜色差，規矩也亂了套，她對於咖啡竟裝在玻璃杯裡也感到好笑，但我們吃得聊得一樣愉快。我的筆記裡簡單記下我們談了十小時話的內容：對當前中國幾位作家及其作品的看法；比較台灣和大陸的「鄉土文學」（那之前不久台灣正掀起過一場政治性的「鄉土文學論戰」）；海外華文作家，等等。我談到中國與西方對「罪」的觀念的差異，感慨中國文革結束至今，所見皆是血淚史，卻沒有一部「懺悔錄」，她聽了深有感觸。我們竟然還談到未來世界，我提出「大中華邦聯」的構想，她也同意聯邦可能會是個可行的制度。……如果不是筆記上明白寫著，我真不會記得第一次單獨長談就談得這麼多、這麼深。但我們從那天起就投緣如此，我是深深記得的。

離開上海返美的那天，她一早就來賓館跟我吃早餐，一直談到下午送我走。這次的談心讓我們更加了解彼此。我原先只知道她曾經是夏衍的秘書，文藝界的前輩幾乎無一不熟；她那天告訴了我她是共產黨員。我當時也沒有什麼特別的反應，而且隨即忘記了她的隸屬單位，更不清楚她的具體職稱與級別，後來也一直沒問。對於她文學以外的職務我真是一點都不好奇，最後根本忘掉了；直到她的新書《我經歷的那些人和事》作者履歷介紹她先後在華東宣傳部、上海市委宣傳部文藝處工作，我才隱約想起她可能對我「坦白交待」過。

十七歲那年，還是國共內戰期間，她就參加了愛國活動，可是位不折不扣的「老革命家」；然而由於她的家庭背景（我早已猜到她一定是個大家閨秀出身），在革命隊伍中曾被認為「不穩定」，但事實證明恰巧相反：她走上這條路等於是揚棄了她所來自的那個舒適熟悉的階級，她早年作出的選擇才是真正能夠通過考驗的選擇；她所拋棄的東西對其他人可能造成誘惑，對她則根本不會。文革時她是頭一個被張春橋「揪出來」的，「打倒李子雲」的巨幅布條從作協大樓裡那座迴旋樓梯的三樓上一路掛到一樓底，其壯觀可想而知。她隨即被送進醫院「隔離審查」，再送去下放勞改，十年下來人家都以為這位嬌小姐一定受不了自殺了，結果並沒有。她說自己從此「脫胎換骨」，頭暈的毛病沒有了，不過學會了抽菸。（後來——記不起從什麼時候開始，我們相聚的時候，若沒有外人在場，她抽菸時我也會向她討根菸抽。這個小小的親密習慣持續了很多年，直到她因健康原因戒菸為止。）

當然她的「脫胎換骨」絕不止於此。她給那個傷痕纍纍的年代樹立了一個有尊嚴的文學評論家的風範；她要文學回歸文學，不再是淪為政治——尤其是政治鬥爭的工具。《上海文學》在她的主編下成為一本無愧於「上海」和「文學」這兩個名詞的刊物。今天有許多即使在海外也享有名聲的作者，當年都曾得到過這位深具慧眼的主編的發掘與提攜。

我的書桌抽屜裡有一個文件夾，全收著李子雲的來信。我數了數，傳真信不算，航空郵寄的就有近百封，但還只是八五年之後的，之前的可能收到別處去了。我推測從八五年開始收在這裡的原因，是我們那時計劃以通信對話的方式評介台港作家和作品，並將個別的台灣和大陸作家並列作比較。不過我們幾次往返的「文學書簡」發表之後，雖然在國內風評不錯，但評完張愛玲和施叔青就沒有後續了。主要原因是我那時熱衷於寫小說，子雲也不斷鼓勵我多寫；而國內的文藝創作正當沸沸揚揚的盛世，她作為文評家也非常忙碌，我倆各自要寫的文章使得我們騰不出時間合作了。

九〇年代後期開始我們常用傳真，郵寄信件就比較少了。二〇〇二年我的母親定居上海，我常回「娘家」，有時一年去幾趟，與子雲見面的機會一下就多起來；同時我也常用便宜的國際電話卡與她通電話，通信自然就更少了。即便如此，這個文件夾裡的文字紀錄還是相當可觀的。此刻面對著上百封航空信和幾十張傳真紙，看著她那熟悉的娟秀的手跡，無數回拆開信封時的那份愉悅又浮現心頭。隨手拾起一封取出來讀，開頭總是關心地問我的近況，問候我的母親丈夫小孩，告訴我她在忙什麼，提到某位作家的某篇文章問我的看法，跟我要某個台灣作家的一本書，替我領了一筆稿費等等。取出另外一封，談的是我的一篇近作，單刀直入一言中的，先指出特色和優點，接下來是還可以改進的地方；最後還說是好朋友才這樣直話直說，並且不忘鼓勵我再多寫……

讀著這些話語，就像子雲還在對我說話。要我相信她已經永遠從這個世界上消失了，怎麼能夠接受？

作為一位資深的文學刊物編輯和文學評論家，李子雲是少見的最無私心的人；面對作品，她不受對作者個人的主觀印象所左右，完全就文學論文學。許多年來她總是主動發掘新人，鼓勵提攜後進。對於值得刊登的好文章，她可以不畏爭議引介刊登；對於作家朋友，做了文藝高官的她照樣直言評斷，被一時的政治「運動」波及者她也一樣來往如常，而且決不諱言對那些「運動」的反感。她對於自己更是要求嚴格，始終不斷自我充實，在專業領域裡絕不落後；即使後來健康狀況越來越差，也不放鬆對文藝界的關注和廣泛大量的閱讀。

上：二〇〇八年，李黎與李子雲、鄭樹森合影於上海。
左下：一九八七年，李子雲初訪美國與李黎同遊洛杉磯迪士尼樂園。
右下：一九八七年，李子雲與李黎母親在李黎家中。

這樣一個既認真又敏銳的人，性格中卻有極其天真的一面。她的眼睛裡常常閃爍著好奇，所以她不會老去，因為她不會像有些食古不化的人，在觀察理解一件新事物之前先就抱持了主觀排斥。當「與時俱進」這個詞流行起來以後，我開玩笑說她才真是「與時俱進」，除了用電腦，從文學到時尚從來不落人後。我很少看到像她這個年齡的人，身邊包圍了那麼多「小朋友」的。

我也曾笑稱她是「最後的共產黨貴族」——「共產黨」與「貴族」這兩個詞本是相互矛盾、水火不相容的，但在她身上竟然兼俱，真是人間奇跡。終其一生，她都具有堅定而強烈的美與醜、善與惡的觀念與原則。想當年她以一個家世良好的十七歲小姑娘投身革命，該是懷著何等遠大的理想與何等深邃的認知，加上無比的熱情與勇氣！文革時嚴酷整肅的大禍臨頭之際，她形容給我聽當時的第一個感覺就是嘴裡的唾沫都沒有了，我想這不就是漢樂府詩裡的「來日大難，口燥脣乾」嗎？年輕時被國民黨通緝也沒有這樣的反應，是來自「自己人」的殘酷讓她乾渴了。但她並不因為個人在某一段時間遭受的橫逆，而全盤否定自己的終生信仰；同時也不因此而迷信盲從，她對時弊的針砭，真誠深刻一如她的文學評論。

她的好家庭出身和教養，處處表現在言談行止、舉手投足之間。把她介紹給我的朋友認識，是我最樂意的事，至今還有朋友感謝我介紹認識了李子雲。陪伴她到任何場合都是我的驕傲；在洋人心目中她是位真正的lady，秀外慧中的淑女。我對邀請她出席任何活動都有百分之百的信心，無論演講、做報告還是閑談，她從容大方的風度、得體的談吐，總是給足了主人面子。發言報告不論場合大小，她一定準備充份，豐富的內容加上流利的口才，使得即便原先對她來自的地方懷著敵意的人，也不得不為之折服。

從九〇年代開始，國內文藝界與台灣、海外的同行交流密切起來，李子雲是許多人想見或必見的。這些人之中當然不乏恐共、反共的人士。我直接間接聽過、讀過好幾樁他們見到李子雲的「標準反應」：第一步當然是對她的風采、談吐、學養十分傾倒；然後聽說她是資深共產黨員，不禁大為吃驚難以置信；驚魂甫定後的結論則是：「如果共產黨都像李子雲這樣，我不但不恐不反，甚至樂意擁護呢！」這些故事聽多了，我的結論是：李子雲一個人的對外影響，勝過無數共產黨的文宣大軍。

子雲非常自尊自重，到了我稱之為「潔癖」的程度；不僅是身體的，更是精神的、人格的、道德的——感情上當然尤其是。她終生不婚，我相信是出自同樣的原因：若不能有最美好的、最稱心的對象，就寧可不要，絕不退而求其次委屈自己。她沒有子女，但她對小輩的呵護、與年輕人的溝通無礙，很多子孫繞膝的人也比她不上。

她曾三度應邀訪美：一九八七年，一九九二年，一九九八年，每次都在我家小住，與我的母親也結成忘年交。母親定居上海後，她倆常通音信，子雲總是嬌滴滴地喚她「鮑媽媽」，愛當她面說「鮑媽媽最喜歡我！」此刻子雲說這話的聲音似乎猶在耳邊，她那小女兒的撒嬌神態，恐怕不是很多人見到過的吧。

一九八七年秋天那次訪美原該是極美好愉快的，那時我在聖地亞哥，任教加州大學的比較文學教授鄭樹森住的離我家很近，子雲在時天天過來聊天；我還開車帶她上洛杉磯玩迪斯尼樂園，然後去南加大教授詩人張錯家小坐並會見當地的朋友；後來我們全家還一路送她到舊金山。可是樂極生悲，她到芝加哥時皮包被搶，裡面有幾千美元的現鈔——在當時可是個嚇人的數目，是好幾名留學生託她帶回國給家人的！那個年代外匯管制，美鈔現款都是託信得過的人帶，她好心承擔了這個重任，卻變成一場可怖的夢魘。

在這種時刻就看出一個人的修養。她打電話告知我這個壞消息時，還不忘先問候我的家人，然後才緩緩詳述這件晴天霹靂的事。我立即與負責邀請她來美的愛荷華大學的聶華苓大姐通電話，聶大姐提議在朋友間發動募捐，否則子雲如何賠得起那樣一筆巨款，而且是美金？但子雲婉拒了。據說她一回上海，有的人家已經聞知她丟錢的事，早早守候在她家，等著先拿到「賠款」。那段日子她是咬著牙撐過去的，對她來說，自己傾家蕩產的賠錢不是最大的災難，但求這些人不要懷疑她的人格。她的自尊自愛是眼裡揉不下哪怕是最小的一粒沙子。

她哪裡來那麼多美鈔呢？於是，少數幾個海外好友讓她用人民幣兌換（這個人情總算她願意接受），解決一部分迫在眉睫的壓力；同時讓她投稿給台、港和海外的報刊雜誌，可以領美金稿費。那段日子她寫得好辛苦，我們想起來都心疼。但是她終於還清了這筆莫名其妙的

「外債」。

我倆第一次和最後一次見面都是在十二月，上海。其間的將近三十年裡，我倆見過無數次面，談過無數次心；一同目睹見證了上海和整個中國的蛻變，先是緩緩的、難以覺察的，兩千年之後即以令人目眩的速度改變。這也是我們最愛談論的題目，因為我是少數來自台灣和美國、七〇年代開始就經常回國的華文作者，親眼觀察著這三十年來的巨變。記得早年飛機抵達晚間的虹橋機場上空時，底下一片漆黑，只有寥寥數點燈火；而前年有一晚我倆並肩站在外灘的高樓陽臺上，眺望璀燦炫麗的浦東，我的心中感觸萬端，想到正是一甲子之前，正是像身邊子雲這樣的人，為中國走上了一條漫漫長路，走出這樣一片風景……

同時我也目睹了她的變與不變：隨著年齡她的身體總是有這樣那樣的毛病，開始減少了出門和活動；但是她依然樂觀、敬業、敏銳而且活得認真；當幾乎所有的人對五光十色的新現象目眩神迷的時候，她依然從容冷靜，因為這些無非是她從前熟習而且看穿了的事物；同時她抱持著她一貫的好奇，分析、欣賞或者批判，而她的眼光也總是那樣精準。她的住址始終未變，淮海中路已是萬丈紅塵，她依然住在路旁小巷的那幢小樓裡。

她帶我認識上海，介紹我結識許多可愛的朋友，上她喜歡的館子；連我的兩個兒子都知道：李子雲阿姨請客，一定有好吃的。近年來她健康不佳，又迭逢親人故去的傷心事，精神大不如前，但每次我一到上海，她只要身體過得去，必定抖擻精神出來見面，有好友同來就更高興了。有些時實在不濟，我叫她別出來了，我可以去她家看她，她堅決不同意——她從不以蓬頭垢面示人，一定要把頭髮洗吹漂亮了才肯見我。若是住院更不許我去醫院看她。我理解尊重她對外貌形像的重視，這是她教養的一部分，顯示自尊同時對於對方的尊重，換作我也會如此的。往常我們一聚就動輒大半天，節目一個接一個，那樣的日子是再也不可能了。但只要她出來見面，即使不能待太久，也依然容光煥發，談笑風生。

我們的談話到了近年不免常會涉及病痛健康這些問題，一向風趣樂觀的子雲也會有顯得沮喪無奈的時刻；我便鼓勵她提筆繼續寫回憶錄，因為她的一生經歷和所見所思實在太精彩了，就只一本《我經歷的那些人和事》太不夠「過癮」了。可是她有心無力，病體不容她投入這樁有意義但繁重而耗神的工作。她對病痛的折磨非常不耐，我只好勸她不要失去信心意志，「帶病延年」吧；她說很不喜歡「帶病延年」這樣消極的生活態度，我能理解但還是希望她能「延」上許多年，只要不必承受太多痛苦。但她這麼快的去了，快到沒有給我道別的機會，如此決絕剛烈，還真的像她一貫的性格。

檢視我倆的照片，從一九八〇年十二月在上海作協的第一張，到二〇〇八年在上海徐家匯午餐的最後一張，看得出兩個女子隨著時光逐年老去；然而那只是外貌，我們的內心依然與第一次相聚長談十小時那時一樣，年輕，熱情，理想，對文學一絲不苟的愛好與虔誠，關懷彼此，關懷身邊的親朋好友，關懷家國……

從一九七九年初見紙上的那個美麗的名字，到現在整整三十年過去，我一半的人生裡都有她。上海沒有了子雲，就不再是同一個上海了。是她帶我看了這些文學與世情的風景，如今沒有了人，那風景，就永遠不再了。

註：《昨日風景》是李子雲一九九一年出版的文學評論集的書名，我很喜歡，借用來作這篇紀念文章的題目，相信她會很樂意的。

（二〇〇九年六月二十三日完稿於美國加州史丹福）

簡介

李子雲

（一九三〇—二〇〇九）

祖籍福建廈門，生於北京，著名文藝評論家，曾長期擔任夏衍先生的秘書。一九七七年任《上海文學》副主編，培養扶持了大批作家，在推動文藝界解放思想、開拓新時期文學等方面有重要貢獻。著有《淨化人的心靈》、《當代女作家散論》、《昨日風景》、《我經歷的那些人和事》等。

殷海光

與殷海光先生結識的時候，他早已不能授課、公開演講，或者發表文字了。在一些台大學生的心目中，他已經成了一則傳奇。我很早就有一本他的《思想與方法》，出國後舊居拆遷，我的藏書多已散佚，卻是不久前在網上看到有人收藏了這木書，上面還有我的題字。我與殷先生相處的時間很短，不久他就臥病不起了。當時我認為是極大的憾事，然而後來回想，自己還是有幸在對的時候遇見了對的人——一九六八，那個特別的年代，我是一個二十歲的臺大學生，隱約知道世界上正在發生著許多事情，渴望打開周遭森嚴的封閉，期著待一個誠實的聲音告訴我真相……不早也不晚，就在那年我遇見了殷海光。雖然非常短暫，但他給予一個年輕人的影響，一直到了許多年之後，依然呈現深遠的意義。

殷海光一九六〇年攝於書房一角。（紀念殷海光先生學術基金會提供）

長巷深深

回到台北那天，節氣正值「大暑」，一個遠方小小的颱風卻為台北帶來些許微風細雨。得知殷海光先生的故居已整頓成紀念館開放，使我對台北的人文深度又多了一份讚歎。於是我在微雨中撐傘走向久違的溫州街。

溫州街的巷弄總是那樣寧謐，低低的日式房子，歲月悠長而安詳——那是四十年前的記憶中的溫州街。那樣的記憶給了我一份錯覺，竟以為這條街、這些巷弄，會是地久天長的，無論我離開多久走的多遠，別處會變但這裡不會變。而今溫州街還在那裡，夏天日午巷子裡的行人稀少，但停滿的車輛使得那份悠然不見了。近旁許多樓房取代了優雅的平房，劫餘的陳舊的平房似乎退縮進了爬滿藤蔓的牆裡，暗淡而不起眼，彷彿先一步走進了歷史。

走在十八巷時更是沒有甚麼人蹤，也沒有走動的車輛，給了我一些從容的心情轉進十六弄

——曾經是感覺上很長的巷弄，弄底就是殷先生的家。大門竟然是半開的，有人在家嗎？我的心忽然跳快了幾下。當年是懷著怎樣的心情踏進那扇大門的？那像是前世的記憶了。

而今我來，四十多年之後的一個夏日，哲人早已離去——去的太早太早，才五十歲，雖已滿頭華髮但還是年輕啊，還可以有多長的人生，然而他抱著憾恨過早的離開那個沒有善待他的世間。

走進那間已不復辨認的廳室，我是今天唯一的訪客。彎身在名冊上寫下自己的名字，恭謹整齊，因為殷先生寫字也是工整得一絲不苟，像個用心的學生。

我不但沒趕上修他的課，也未曾聽過他正式的演講，連私淑弟子都算不上。但我有幸來過這裡，那麼近的聆聽他（我至今還會摹仿他的口音說他老師金岳霖的名字），喝過他沖泡的咖啡，吃過師母烘培的餅乾。聽說他喜歡芒果，領了家教薪水就買了芒果送來，換他的咖啡餅乾和笑容——嚴肅的殷先生放鬆下來其實很天真的。我更是何其有幸見過他天真溫煦的一面。

殷先生剛開始臥病在醫院時我去探望過一次，那時他的精神還不錯。記得我帶了一束玫瑰花，我把花插在病床旁的案几上一個花瓶裡，他頷首稱讚，說了句話大意是：一束看似平常的花經過整理就變得美了。他很注重美的，即使在病中。

殷先生的喪禮，我反覆思量結果還是沒有去。所以記憶中的他是生命中最後健康時的模樣，傲然而挺拔，個子不高但「氣」那麼足，頂天立地似的。

教授
文物資料展
主辦單位：國立臺灣大學
財團法人紀念殷海光先生學術基金會

殷海光故居
Yin-Foo-Sun's Residence
No1-1, Alley 16, Lane 18, Wenzhou St.
溫州街18巷16弄1-1號 由此進
溫州街
18巷16弄
WenZhou St.
Lane 18 Alley 16

殷海光故居內外。

踏出大門口，記得殷先生曾經站在門口指著巷子說：「那時候，監視我的便衣就站在那裡。」對一介瘦弱的書生如臨大敵，可見有人相信思想和文字果真比槍炮有力量。我見到他時這些已經過去了，然而大門外仍是一個晦暗的世界；而大門裡的那個家，那個人，曾經對於我是一種許諾——在那個令我窒悶沮喪的封閉世界裡，竟然可以有這樣一個睿智而不屈的靈魂，像是為我指點一扇可能打開的窗戶的方位。他指點的手很快就垂下了，但我終於朝著那個方位摸索前去……

在我從少年踏進青年的人生歲月中我與他不期而遇，當時的我混沌未開，有待時間慢慢為我揭開覆蓋在他面容上的歷史的面紗，我得以在日後的歲月漸漸理解這番相遇對我的意義。後來我寫小說〈譚教授的一天〉，那位譚教授記憶中的恩師「康先生」的風骨，我是隱隱以殷先生作為模型人物的。

四十年後重訪，面對照片中人我多麼希望能夠告訴他：即使是那樣短暫的教誨，對一個青澀的心靈發生過怎樣的影響……我心傷悲但充滿感激，我來何遲而先生離去何早——如此短暫，如此長久，如此深遠。

簡介

殷海光

（一九一九—一九六九）

本名殷福生，湖北黃岡人，中國著名邏輯學家、哲學家、政論家，師從金岳霖先生。一九四九年後到台灣，在台灣大學哲學系任教，後因政治迫害被停聘。終生秉持科學民主自由的精神，是富有批判精神的自由主義者。與胡適、雷震創辦《自由中國》雜誌，對台灣知識文化界影響至深，為台灣第一代自由主義代表之一。他堅持以科學方法、個人主義、民主啟蒙精神為準繩批判時政，最終引起當權者的不滿，不斷受到監視與鉗制。殷海光深受羅素、波普和海耶克的影響，一生著述甚多，其中最具影響的是翻譯海耶克的《到奴役之路》以及德貝吾的《西方之未來》。著有《中國文化的展望》上下兩冊，《政治與社會》上下兩冊，《殷海光全集》十八冊等。但是在雷震入獄與自由中國被查禁後，殷海光的大部分作品也成為禁書。

陳映真

陳映真小說創作的第一個高峰期，正是我少年文學啓蒙的年代；而他為理念繫獄的年頭，又恰逢我求索烏托邦的青年人生。他的文學，他的風格獨特的文字語言，文字底下深邃豐饒的人道主義理念，以及他百折無悔的國族理想的實踐……這一切， 這些文字和人格兼具的結合，帶我走過我的文學少年時代到青年直至中年，其間陳映真一直是我心目中的mentor，導師。目前他還在北京養病，不見故友，我只能遙遙祝願他平安康復。

二〇〇四年，李黎與陳映真、陳麗娜夫婦合影於台北馬場町紀念公園。

映真永善

這篇文字的大部分寫於二〇〇六年十月十六日，那是得知陳映真在北京「病危」消息之後寫下的，但沒有完成。提筆當時的心情是為自己留下一段紀錄，一段自己極其珍視的人生記憶。其後聽說他度過險境，至今在療護下靜養已近三年。近日聞知台北將要舉辦「陳映真創作五十週年」的文學活動，極感欣慰。思念故人，我取出這篇未曾發表的文字，補綴幾處小節，謹以此文遙寄遠方的映真——永善。

我在網路電子報上讀到你病危的消息，每讀一句、一段，從頸子到背脊，汗毛一排排一道道一陣陣的聳立。這是真的嗎？這次恐怕是真的了。

整整一個月前我們在北京重逢。你被舊病與新傷折磨，拄著拐杖，比兩年前在台北見到時衰弱了許多許多。短暫的餐聚，充滿欣喜與悲傷，一室的人都要跟你說話，你已顯得疲倦了，我來不及說甚麼，餐後輕輕擁別了你——你顯得那樣脆弱，似乎深怕重一點就會痛到你傷到你。朝著載你離去的車揮手，再揮手，然後我別過頭去，不要周遭的人看見我控制不住的眼淚。

我深知你也是一個凡人，跟每個凡人一樣離開的這天終會來到，當然會來到，但我還沒有準備好——我永遠不會準備好。我不能想像一個沒有mentor的世界。

你可能不知道：有過很長的一段時間，那也是我寫作最熱切最投入的歲月裡，當我在寫的時候，會問自己一個必須誠實回答的問題：陳映真會怎樣看這篇文章？

對於我，這是最嚴格的把關：這個問題決定這篇文章是否值得去寫出來；若寫出來了，思想和藝術層面是否都過得了關——過得了我心目中那位mentor的關。

你並不知道。那嚴格的標準是我設立的，以你之名，以你的文章、以你的人品。你從來不曾知道，也不需要知道。你的準則，那樣高貴的文學和思想的準則，原不是為我或為某些人設的。那是為你自己。

唯有因為如此，我以此要求自己，雖然距離你給自己設下的要求已經低了很多、很多。

認識你是因為我的乾姊姊，你的淡江同學。一九六六年吧，剛進大學不久的我，跟在她後面，羞怯而興奮地親眼看見了我心目中的台灣現代文學的赫赫大名。其實早自中學時代，你的文學已經為我啟蒙，我熟識你的文字，熟識到有些段落甚至可以背誦的地步。我著迷於你的文字魅力，瑰麗而深邃，溫暖卻又冷嘲，溫柔卻又殘酷。寫出這樣的小說會是甚麼樣的一個人？跟在乾姊的後面，我見到了這些閃亮在我的啟蒙年代的名字：陳映真，尉天驄，黃春明……我難以相信這是真的。我甚至跟著你們一道去了羅東黃春明的家玩。在火車上，我默默聽大家談笑，不敢也沒有插嘴的餘地。我記得黃春明的妻子 Yumi 纖長美麗溫柔似水；我記得尉天驄清秀的女友，喜歡在手心寫字；可是其他的細節，尤其在羅東的那兩天做了些什麼——除了走在黃春明小說中描述過的濱海小公路上，其他竟無多少印象了。我真無法相信記憶可以這樣如冰塊消融。

卻是清楚的記得唯有你總是嚴肅的，在火車廂裡遠遠看著你，偶然飄來你低沉的 bass 般好聽的聲音。我不敢上前，更不敢開口說話。你從未主動跟我說過話。你太遙遠太高了，那一篇一篇打開我少年的眼睛和世界的小說，竟是這個人寫的啊，我告訴自己。見到你只覺得更遠更高，來自一個我無可能及的世界。我又欣喜又有些悲傷——你的眼睛根本看不見我。

你們在看書，看許多我僅只聞其名的書，禁書。在乾姊房裡見到魯迅的書，幾乎是神祕到神聖的，她用不無炫耀的語氣說：陳永善借給我看的。還有陳永善寫給她的信。（所以其實我早就見過你那筆從容而收斂的字體。）永善這樣，永善那樣。你的名字是可以這樣隨隨便便道來的嗎，即使是另一個名字、你的本名？你是個真實的人嗎？對於我你還是一樣遙遠，

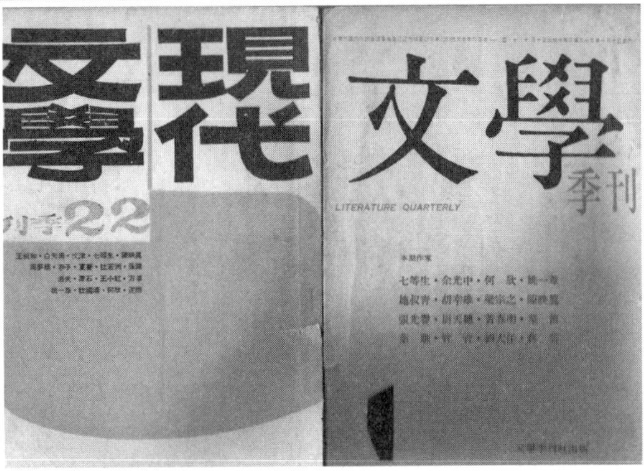

上：一九八八年十二月在木柵尉天驄家，前排左起尉天驄、陳映真、鄭樹森、尉夫人孫桂芝；後排左起李黎、薛明、薛人望、陳麗娜、張錯。李黎背後牆上的畫是尉天驄之子尉任之的「少作」。

你們都很遠，而我像一個小孩子，在門後暗影裡偷偷窺視大廳燈火中談笑晏晏的大人，好想加入但知道那是沒有可能的。去到西門町，多少次經過明星咖啡屋，知道你們這些人就在樓上，卻鼓不起勇氣上去與你們打招呼。我只有再一遍又一遍的閱讀你。唯有從文字我可以熟識你，接近你，聆聽你，甚至與你對話。在現實生活裡我不能也不敢。

偶然我還是可以見到你的。有一個晚上，乾姊帶我去看你，你領我們去淡水輝瑞藥廠你的辦公室取一樣什麼東西。那晚還有你的另一個陳姓朋友，後來跟你一起坐牢的。完全不記得你們說了些什麼，或許真的沒說什麼。你的神色裡有層層陰霾，我記得自己當時的直覺：這個人，這個我多麼崇拜的遙不可及的小說家啊，這個人就在我面前，可是他似乎並不在這裡，他總是若有所思，他的眼睛在注視關照著別的什麼，像對著神祕而遙遠的什麼，他也有一個遙不可及的世界嗎？那裡是一個什麼樣的世界？不論是什麼樣的，我將永遠無法得知，永遠、永遠無法走近，甚至瞥見。我絕望地想。但我們到底還是在同一個房間裡，那麼近又那麼遠。我感到欣喜與微微的悲傷。

你遠行前最後一次見到你是在台北火車站。我遠遠看見你獨自站在那裡像是在等候人，我的心默默的喊：是他是他真的是他！我猶疑著要不要上前打招呼，可是說什麼呢，你若是不記得我怎麼辦，可是可是，這麼難得啊，我可以單獨與你說上幾句話……我跟自己掙扎著，為難著，結果還是沒有向你走去，不全是由於我的羞怯，而是你那時的神色。隔那麼遠也看出那沉鬱和黯澹，像暴風雨來臨的前夕。

果然。不久之後你和那些一起讀書的人，包括我的乾姊姊，都出事了。許多年後有一次我對你提起在火車站的那天，那段時日；你說是的，你記得那段日子，知道有些事情即將發生，你幾乎在期待早些發生，因為等待那可怕時刻到來之前的時間是極其難過的。那是一九六八年。那一年裡我經歷了另一種成長：我這才發覺我對你知道的何其之少，你的文字裡竟然還隱含那樣巨大的危險與神祕。我再一次又一次細讀你的小說，彷彿追尋你留給我和這個世間的密碼。我想我讀懂了。我無法忍受再留在這樣一個密閉的地方，一個會監禁迫害你的地方。

去土城生教所探望過在那裡服刑的乾姐姐幾次之後，我就出國了。這一離開，就是整整十五年。

如果不是你，一九七〇年到了海外，我是否還會那樣沒有猶豫、沒有遲疑、義無反顧的參加釣運統運？很難說。

你在牢獄中的歲月，我在海外轟轟烈烈的「保釣」年代裡，如獲至寶地讀你的未及發表的舊作，還有偷偷流傳出來的據說是新作。捧讀著每一篇我都欣喜而悲傷的想：還好，他還在。雖然他還在苦難之中，但他還在世間，還在我們之中。

天哪你還在。一九七五年，謝謝天你終於平安出來了，而且立刻又提筆了。我讀到你寫你的父親去監獄探視你時說的一段話，我讓自己永遠記住那段話。也是從那段時日，我給了開始寫作的自己那樣秘密的嚴格的要求——

孩子，此後你要好好記得：
首先，你是上帝的孩子；
其次，你是中國的孩子；
然後，啊，你是我的孩子。
我把這些話送給你，擺在羇旅的行囊中，據以為人，據以處事……。

你在其後加了這一段：「即使將『上帝』詮釋成『真理』和『愛』，這三個標準都不是容易的。然而，唯其不容易，這些話才成為我一生的勉勵。」

你的詮釋將你我的「上帝」合一了——對我來說，我的「上帝」也正是對真理的尊重，從愛出發的人本的、終極的關懷。這是做人的次序——做一個堂堂正正的、真正的「人」的次序。有了那個「首先」，就不會昧於人事末節的紛爭。我也以這些話作為自己一生的勉勵，和為人處事的準則。

從一九七〇年夏天離台赴美，直到一九八五年秋，台灣的政治氣氛不再肅殺，我才能夠在離國十五年之後回到台灣。一九八五，回想起來那是多麼好的年代。白色已不再恐怖，人們試探著鬆弛的尺度。我終於見到你了，這次是真的見到了。那個曾經躲在門後窺視的小孩終於長大了，不再害羞膽怯，大大方方的走進來，走到你們的面前。然而昔日大廳裡的一切都已改變，有些人已經不在，或已不復當年模樣。你們沒有等我長大就各自散了。所以我還是錯過了，一個我沒來得及趕上的時代，永遠錯過了。

我錯過了《文學季刊》年代的陳映真，不過還好，我沒有錯過《人間》雜誌的陳映真。十五年後回到台灣，正逢一九八五年十一月《人間》雜誌創刊。台灣從未有過那樣的刊物：強悍美麗而寫實的黑白照片，對貧困、下層和弱勢者人道關懷的故事；社會良知人權正義等等不再是空洞的文詞，每一幅勝過千言萬語的圖像震撼著我們的眼睛。發刊詞是：「因為我們相信，我們希望，我們愛……」這正是陳映真的話語，信望愛，上帝的孩子，卻是全身全心的投注在人間，凡人的世間。那是台灣最可愛的年代。雖然世界離美好還很遠，但充滿了可能：關懷的可能，前行的可能，改變的可能。人性高貴的可能。不再有政治恐怖的可能……。《人間》雜誌承載了那麼多的可能。啊，還有，陳映真還會寫出更多更好的小說的可能。

我真的以為這些「可能」大多實現了。多麼美好的年代啊，我一生中第二次的純真年代。

我因你而給了自己期許和檢驗，用你的標準，雖然你一無所知，我的感激是終生的。而我是多麼孩子氣啊，竟自以為幾乎達到了你的標準。一九八六年我在台灣出版我的第一本小說集，你竟然答應我的要求為我寫序！你竟然閱讀我——在我閱讀你二十多年後，你、竟然、閱讀、我！更不會忘記一九八九年春天，在領一項文學獎的前夕，我向你預習領獎時的答詞，你讚許的神色和言辭，是我心頭對自我要求的天平上那塊最後的、真正的砝碼。你終於為我肯定了我自己。我一直、一直在等待你的那一塊砝碼啊。別的砝碼都還不夠，必須等待你的那一塊放上，才算完成。長久以來我在等待你將我完成。

你哪裡會知道這些，但有什麼關係呢？何況在後進面前總是那樣謙卑的你，我的感激的話語甚至可能會令你發窘的。而我還是那般天真，以為文學的路就是這樣容易就走上了。

我重新認識你，在那個難忘的八〇年代，不再僅只是通過文字，我認識了你這個人——在你那精煉華美得灼人的文字後面，竟然隱藏著令人難以置信的天真稚樸。一九八七年你來到我當時居住的加州聖地牙哥，我陪你出門，在街上你見到穿著天主教神父裝扮的人捧著募款箱，問也不問一聲就投進一張大鈔，動作快得令我來不及阻止。你說看見神父就想起韓國學生運動，神父們挺身站在正義的一邊深深感動了你。我說神父化緣應當在教堂裡，這些並無特別訴求而站在街頭捧著紙箱要錢的人多半是騙子。你天真地駁問：他們若不是神父怎會穿著神父的衣袍？我硬著心腸告訴你：在任何一家化裝派對店裡都買得到假扮各類角色的裝束，包括神父的衣領和黑袍。說完我就後悔了——你當時臉上詫異又無辜的表情令我不忍。我隱隱感到其實你是很容易受傷害的，因為你的心如此柔軟，而且從不設防。

隨著八〇年代的結束，我的美好年代也結束在那時候：一九八九。而《人間》雜誌也結束在那一年。

其後的寫作，我很少再想著你的讚許了。事實上我已不在意來自任何人的讚許與否。我的生命中發生了大創傷，我與命運有無數艱難的死結要解。我的療傷過程有不同的層次，我需要時間；而那年在世界上發生的許多事情需要我們去思索，我們的那些關懷議題也顯現不同的意義與距離。在心底我不再時時叩問你是否給我及格的分數，那些已經不再重要。也許，是到了我該從你的課室畢業的時候了。

但我在精神上從來不曾遠離你。你依然是我的 mentor，每次見到你我仍然那樣欣喜，仍然帶著些微的感傷。每出一本書我依然不無緊張地呈上給你，是的每當面對你我還是像個交上作業的學生，那個剎那，我又是二三十年前那個羞怯的小孩，期待導師的微笑誇讚：「又出書了？好用功啊。」但我知道你多半不會細讀的。你的關懷已遠遠超越文學之外，而我的書寫主題也已與你的關懷重點不再全然密合。但那只是中間層次距離的微小差異。至於那最根本和最崇高的，從來都沒有需要去懷疑甚至重新確認——我從未懷疑過，因為它們從未改變過。

可是我還是多麼期待你將你的關懷回頭傾注在昔日那樣的文學形式裡，我深深懷念那些文字。我也知道你很難回頭，昔日的文字形式無法承載你必須應答的急迫與焦慮。我要怎樣才能說服你回去寫出那些當年震撼我感動我的文字呢？學生怎麼能夠告訴導師他應該寫甚麼呢？我只能眼看你忙碌回應讒譭的冷箭，忍受中傷的苦痛，而健康江河日下……

日前當我再一次回來這塊我曾被你啟蒙的土地，你卻已經不在——這裡甚至連你的棲身之處也沒有了。回到這不再有你的城市裡，我四顧茫然：到底發生了甚麼事？我可以理解你曾經被一個忌恨你的龐大組織囚禁甚至殺戮，但我無法想像你竟會被一個你深愛的群體放逐。一個連你也容不下的地方，會是個甚麼樣的地方？

近年你日漸衰弱蒼老。我習慣了文字不會衰弱蒼老，以致常會忘卻肉體會老去，雖然你的聲音還是那樣低沉優美，話語還是那樣親切溫和——甚至更親切更溫和了，是由於你的衰弱乏力了嗎？如果是，那簡直令人心碎。對於一個我始終是仰望的人，我勉強能接受的是一頭冬之獅。但是最後幾次見到，我不能接受你已步入生命的冬日，而我甚至已見不到那頭獅子……

但是我在說什麼啊，你從來就不是獅子！你是一個溫柔而謙卑的人，因為你記住自己是你的上帝的孩子，你的中國的孩子，你的父親的孩子；不僅於此，你還是一個深愛你的女人的丈夫，一個寫作的人——寫作的人，是的，一切從文字開始：你給予我的啟蒙，我的感動，我的認知。你讓我懂得什麼是心靈的高貴，對我證明文字的優美魅麗與思維義理可以並存——毫無衝突的和諧融會的並存。是你給了我青春歲月裡無悔的理想與追尋，我心甘情願加諸自身的要求和期許，你示範給我看到最誠實最優美又最雄辯的文字，雖然你並不知道但是你始終在教我寫作——是的我的寫作，我的從不妥協、從不須自欺更不會欺人的寫作。

對照你是誰的孩子當我自問我自己是誰的孩子，我毫無猶疑的如同你的肯定的答案：你的上帝和我的上帝原是同一，原是那個讓你無悔奉獻的終極真理；所以你一直不曾遠離我，因為我不會讓你遠離，因為我從未改變過我是誰、我是誰的孩子的答案。

你是我終生的 mentor。從來都是，從來沒有改變過，因為你從不曾從你的信仰、希望和關愛改變。

（二〇〇九年八月二十六日，美國加州史丹福）

簡介

陳映真

（一九三七— ）

本名陳永善，另有筆名許南村，台北鶯歌鎮人，台灣著名作家。一九六八年七月，國民黨政府以「組織聚讀馬列共黨主義、魯迅等左翼書冊及為共產黨宣傳」等罪名，逮捕包括陳映真、李作成、吳耀忠、丘延亮、陳述孔、林華洲等「民主台灣聯盟」成員共三十六人；陳映真被判處十年有期徒刑並移送台東縣泰源監獄及綠島。一九七五年出獄後仍然從事寫作，轉趨現實主義，繼續參與《文學季刊》、《夏潮》等雜誌的編務，一九八五年十一月創辦以關懷被遺忘的弱勢者為主題的報導文學刊物《人間雜誌》（至一九八九年停刊）。陳映真始終堅持中國統一的主張，一九八八年與胡秋原等人成立「中國統一聯盟」並擔任首屆主席，二〇一〇年加入中國作家協會，為首位入會的台灣作家。發表過數十篇長、短篇小說，於二〇〇一年由臺北洪範書店集結為六冊《陳映真小說集》，代表作有《夜行貨車》、《上班族的一日》、《山路》、《知識人的偏見》等。

INK PUBLISHING
文學叢書 354

半生書緣

一名文學新生與巨擘的靈光之會

作　　者　李　黎
總 編 輯　初安民
責任編輯　黃筱威
美術編輯　林麗華
校　　對　黃筱威 李　黎

發 行 人　張書銘
出　　版　INK印刻文學生活雜誌出版有限公司
新北市中和區中正路800號13樓之3
電話：02-22281626
傳眞：02-22281598
e-mail：ink.book@msa.hinet.net

網　　址　舒讀網http：//www.sudu.cc
法律顧問　漢廷法律事務所師
劉大正律師
總 代 理　成陽出版股份有限公司
電話：03-3589000（代表號）
傳眞：03-3556521
郵政劃撥　19000691 成陽出版股份有限公司
印　　刷　海王印刷事業股份有限公司

港澳總經銷　泛華發行代理有限公司
地　　址　香港筲箕灣東旺道3號星島新聞集團大廈3樓
電　　話　(852) 2798 2220
傳　　眞　(852) 2796 5471
網　　址　www.gccd.com.hk

出版日期　2013年5月　初版
ISBN　978-986-5823-08-5

定　價　300元

國家圖書館出版品預行編目資料

半生書緣 / 李黎 著；
--初版，--新北市：INK印刻文學，
2013.05　面；　公分（文學叢書；354）
ISBN　978-986-5823-08-5（平裝）

855　　102008029